Karl Seckinger / Claudia J. Schulze

AF220497

Das Lied vom Tod

Einmal Psychiatrie und zurück

Feigheit ist die größte Sünde
(Der Meister und Margarita, Michail
Bulgakov)

© Claudia J. Schulze & Karl Seckinger
Herstellung und Verlag: BoD – Books on Demand, Norderstedt,
Bilder: Titelbild Michael Douglas Crawley, Lexington (U.S.A,)
Andere Bilder: Vita Tucaite, Vilnius, Litauen und Claudia J. Schulze,
Offenburg & Strasbourg. BRD, FR
ISBN: 9783756800209, 2022

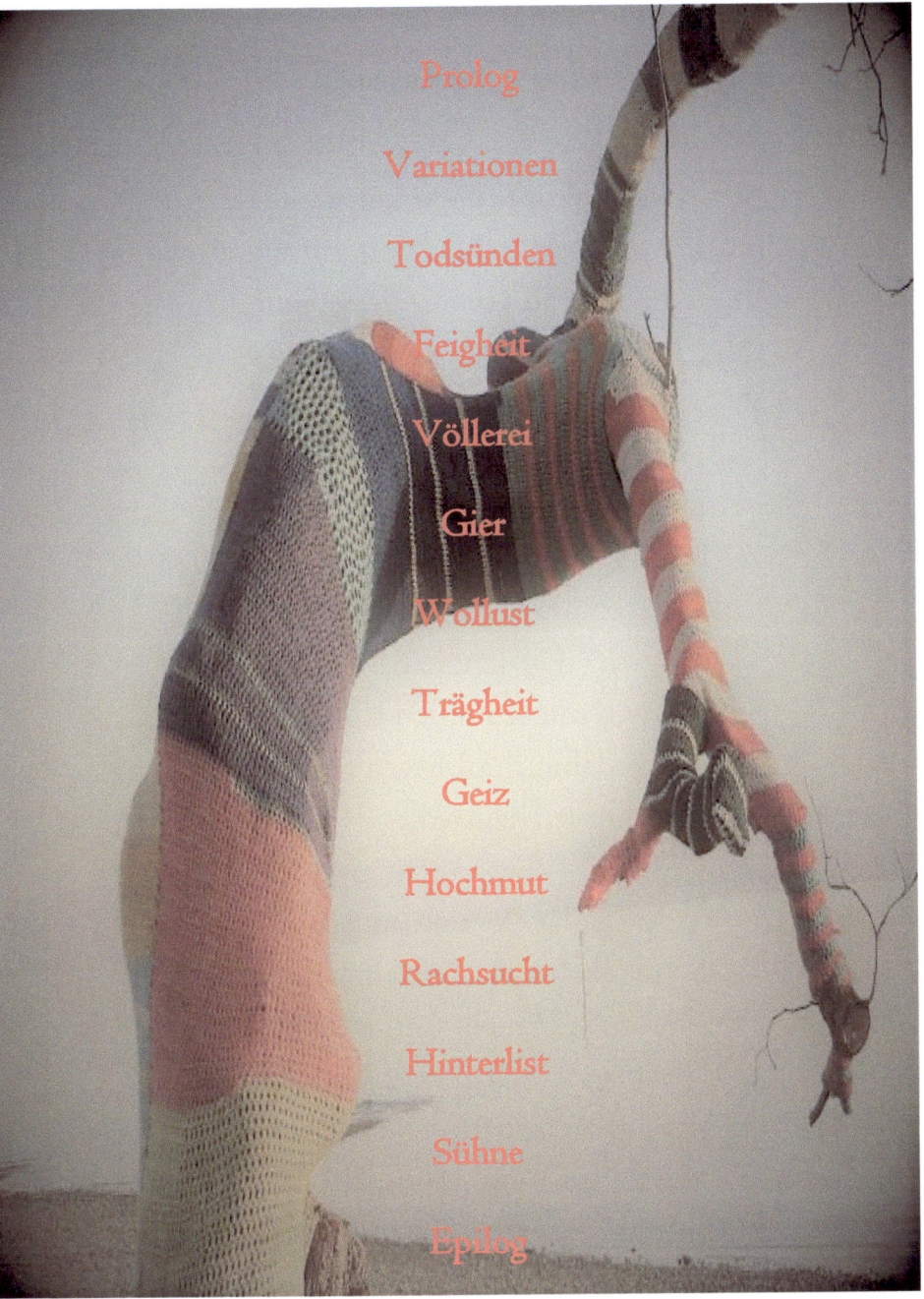

Prolog

Variationen

Todsünden

Feigheit

Völlerei

Gier

Wollust

Trägheit

Geiz

Hochmut

Rachsucht

Hinterlist

Sühne

Epilog

Prolog - Variationen

Variation des Sich-So-Selbst,
Kaleidoskope, doch konstante-
Im Bild das lang´ schon sich mir brannte
Künden mir vom Unmisstand,
Entwirrt im Harmonienband
Ariation mit wehem Bangen,
Köpfchen verdreht auf Linien hangen.
Leise niemand etwas summt
Mit Mündern, die schon lang verstummt.
Adagio, Largo - lang mich´s mied
Das ach so gleichbleibende Lied.
Arien mit stummen Klonen
Fahr´n dahin mit bleiern´ Kronen
Und mit leichentreibend´ Kleid.
Singt doch! —Wär´s nicht an der Zeit?
On the Rocks und aufgelöst
Schließlich dann mir eingeflößt
Variabel feucht und weich.
Das Selbst-So scheu noch *leise* stößt
Irgendwie zudem schon bleich
Bald sei´s immerhin erlöst!
Noch treibt´s vorbei, ganz blumenblass.

Kleid, wie bist du schwer und nass.
Ziehst so dumpf, vernimm den Bass
Mit den immergleichen Noten!
Hören können´s gut die Toten,
Doch mir ist´s ein grausam` Spuk
Der Leid in Aug´ und Ohren trug.

Dann Quintensprünge, irre Terzen,
Achteltakt in meinem Herzen.
Kommt Mephistos Geist daher!
Schlägt dissonant auf meine Ohren,
Narrt´ mich mit dem Lied zu sehr.
Wähn´ schon längst mich selbst verloren.
Doch nun, wahrlich aus dem Nichts
Lausch ich göttlich ´ Engelchören.
Die Flöte zart selbst mir *versprichts!*
Nur sie werd´ ich einst wiederhören.
Meines eign'en Engels Flute
Decrescendo, sanft in Moll.
Alles wie´s dann sei*end* soll.
Just hält Mephisto gleich entgegen –
Das Maß nach ihm nun wieder voll.
Fortissimo stiehlt er den Mute,
Und mein Kopf wird schwer und toll.
Alles wird er mir zerstören!
Zwingt mich noch ihm zuzuhören!
Nun die dritte Melodie - Jene, die vergess´ich nie.
Stammt noch aus den alten Zeiten, bauscht sich
auf Sforzato! Grell – Blitze vor den Augen: Hell!
Niemals nie noch Nichtigkeiten,

6

Bei Marschmusik die Töne streiten,
Lauter niemand etwas sang,
Notenschlüssel, Bumerang-
Kein Gesang, vielmehr Geschrei-
Dem Blechernen ist´s Einerlei.
Schlachtfeld ist mein weher Kopf.
Ein General schlägt auf den Topf.
Feldmusik und Lied vom Tod,
Tief gerat ich in die Not.

7

Halt den Kopf mit beiden Händen,
Wenn die Töne nur entschwänden!
Sonst birst am End´ er mir entzwei.
In diesem Fall wär´es vorbei,
Mit mir und mit mir meinen Sinnen,
Kann diese Schlacht niemals gewinnen!
Doch wieder kommt des Engels Weise
Und schickt mich-ach, so wundersanft und
Non legato- auf die Reise.

I. Todsünden

Diese Musik, die ich immerzu in meinem Kopf höre, es waren immer drei Melodien, die stets (wohl auf immer unversöhnt) rücksichtslos und laut miteinander stritten, tatsächlich dabei unerfreulicherweise unendlich variierend (als wäre es, (Grundgütiger!) - auch ohne dies nicht bereits schlimm genug) - verursachte zuweilen starke, geradezu höllische, lokale, in Clustern höhnisch verdichtete Kopfschmerzen.

Auch diese variierten ironischerweise, was aber vermutlich nicht sehr verwunderlich war. Sie variierten nämlich je nachdem, mit welcher Melodie ich es gerade vorwiegend zu tun hatte; einer gelang es immer eine gewisse Dominanz an den Tag zu legen.

Jener, der das am häufigsten gelang war die Melodie des Lieds vom Tod.

Sie war bei Weitem die Schlimmste.

Musikkritiker hörte ich hernach auch, wenn die Lieder etwas verklangen und der Kopfschmerz etwas nachließ.

Sie unterhielten sich ganz ungeniert, zudem nicht besonders diskret, über eben diese Musik in meinem Kopf.

9

Als wäre Musik, die einem persönlich im Kopf herumschwirrt nicht Privatsache.

Und dann sah ich sie auch noch! Darauf hätte ich liebend gern verzichtet.

Musikkritiker sind, sicherlich wissen Sie das bereits, eine ganz üble Bande. Ich weiß indes nicht, ob sie per se schlimmer als gemeinhin Literaturkritiker oder aber Kunstkritiker sind.

Doch kommt es letztlich, in Anbetracht des Ausprägungsgrades der jeweiligen, einer durch die offensichtlich missglückte Berufswahl ganz unmittelbar ableitbare Abscheulichkeit ihrer gesamten, krittelnden und chronisch nörgelnden Persönlichkeit, darauf wohl nicht mehr an.

Hören Sie nur mal mit: *„Immer wieder sackt der Spannungsbogen innerhalb einzelner Melodiebögen ab, zudem keine kantable Wärme, auf eine solche hofft man vergebens!"* konstatiert einer (klein, boshaft und dicklich), *„erweist sich technisch als nicht gewachsen und wirkt auf seine eigene Art äußerst konventionell,"* zetert ein anderer (groß, dürr, dazu rothaarig, mit einer silberlegierten Brille).

Haben sie die Musik überhaupt begriffen?

„Am Ende stirbt, das kommt hinzu, die Melodie nicht jedoch Glaube, ja, der Glaube an eine Erlösung. Eruptiv durchbrochen von geradezu brachial anmutenden Klangclustern."

Hat man da noch Worte? Traut der sich, die Cluster noch ins Spiel zu bringen. Welch gründliche Lieblosigkeit in Anbetracht der prinzipiellen Grenzenlosigkeit der Musik. Das frage ich Sie, verehrter Leser! Erlösung!

Wenn ich das schon höre. Als könnte es eine solche ernsthaft geben, sich gar mit einer simplen

Eintrittskarte erwerben lassen. Davon, dass man sich hierzu zu allem Übel kostenfrei und ungebeten in die intimsten Gedanken, Heimsuchungen und Sinnestäuschungen eines durch und durch Unglücklichen schleicht und auch noch ungefragt mithört, möchte ich einmal ganz schweigen!

Doch hören Sie weiter:

„Die gesamte, physische Wirkung kommt dem Sturz aus einer Achterbahn gleich"-, ereifert sich ein Dritter (bärtig, weichlich, mit stechend hellblauen Augen und doch irgendwo gutartig). Ja, dieser Dritte, der mit dem Bart, hat die Musik offenbar verstanden. Immerhin.

Er weiß es zwar nicht, doch wer will ihm das anlasten. Jetzt sollte er mich nur noch in Ruhe lassen, dann wäre ich schon recht zufrieden.

Ich möchte Ihnen meine Geschichte erzählen, und wenn es immer und allzeit so lärmt, von Musik und Kritikern, von Tod, Engeln, von Artaban, dem vierten Weisen, von Generälen- wie soll mir das dann gelingen?

Doch versuchen will ich es, das zumindest.

Wenn das im Übrigen stimmt, dass Feigheit die

12

größte Sünde ist, so wie es der große Bulgakow einst feststellte, dann habe ich mich dieser Sünde am wenigsten schuldig gemacht und zugleich die Welt an mir am meisten. Es war die Angst genau hinzusehen, sich wirklich mit etwas auseinander-zusetzen, für etwas einzustehen.

Feigheit kann sich hinter harziger Trägheit, hinter Gleichgültigkeit verstecken – ebenso sehr wie hinter Selbstbezogenheit.

Alle die genannten Sünden, als „Todsünden" bezeichnet, oder einfach nur als Sünden – die Übergänge sind so fließend wie die Übergänge in unterschiedlichen Realitäten.

Die Grenzen sind durchlässig und ich verstehe die Angst davor.

Es ist nicht so, dass ich nicht wüsste was Angst ist, dass ich nicht verstünde warum Menschen gerne wegsehen.

Naiv bin ich durchaus nicht, dazu habe ich zu viel gesehen.

Vielleicht aber gerade deswegen erscheint auch mir die Feigheit tatsächlich als eine der größten Sünden überhaupt. Wo fängt man an?

Bei der Geburt, denke ich mal. Vor allem weil damals eigentlich alles schon angefangen hat.

Irgendwie. Und Lieder hat es auch gegeben, auch wenn man sie manchmal nicht hören konnte. Sie waren oft unhörbar, so wie manches auch unsichtbar ist. Nur wenige können sie sehen oder hören.

Das Lied des Engels war das erste, was ich hörte. Abgesehen natürlich von den Liedern, die jeder zu hören bekommt, wenn er klein ist oder auf dem Land lebt. Lieder zu allerlei Tänzen und Festen, Wiegenlieder, gesungene Klagen.

All das kam zu dem Engellied hinzu.

Und doch unterschieden sie sich von jenem so stark wie man es sich überhaupt nur vorstellen kann. Zudem war es die größte Gegenkraft als dann, später, diese beiden anderen Lieder hinzukamen.

Die beiden sich ständig so penetrant wiederholenden Weisen in meinem Kopf.

Immer wieder heilte mich dieses unvorstellbare Engelslied innerlich ein wenig; es flickte mich wieder zusammen, heilte mich ein wenig- gerade so viel, dass ich imstande war weiterzumachen, weiter zu gehen. Manchmal ist dies das Einzige, das für eine Weile bleibt.

Für eine Weile oder aber bis wir, am Ende, so oder so, erlöst werden. Es war das Lied des

Engels und zudem das Lied Artabans zu gleichen Teilen und harmonierte dabei so perfekt, dass zumindest diese Melodie eine unteilbare Einheit bildete. Wobei man es sich eigentlich, wenn ich recht darüber nachdenke, gar nicht vorstellen kann. Doch vielleicht nur nicht, weil man Artaban noch nicht kennt, wenn man ein Kind ist. Engel mag man durchaus schon gesehen haben, doch Artaban, der vierte Weise, zeigt sich, davon bin ich überzeugt, nicht nur bei mir später im Leben. Und so hat man, trotz des Schutzes durch Engel zuweilen doch Kontakt zu den Todsünden. Wie hart und gnadenlos brennt doch die Sonne zuweilen auf diesen Planeten, gelegentlich schützt uns ein Baum, doch weniger werden sie allenthalben- während sich die Engel jederzeit hinter ihren unerschöpfbaren Zauber-Vorhang aus Aber-Milliarden kleiner Wassertröpfchen zurückziehen können, hierbei vollkommen geschützt vor Hitze, Boshaftigkeit und jeder nur erdenklichen Todsünde. Für uns auf Erden gilt das noch nicht. Im Gegenteil. Zu den eigentlichen
Todsünden gesellen sich auch andere.
Vermutlich ziehen sie sich an.

Verwunderlich ist das nicht. Doch nun beginne ich.

2. Feigheit

Ich wurde in der Johannisnacht des Jahres 1952 in recht ärmlichen Verhältnissen im Bauernhaus meiner Großmutter Theresa geboren.

Das große Johannisfeuer brannte, wie überall in unserer Gegend, zum Schutz gegen Dämonen, sogar Störche wurden an jenem Tag gesichtet, was mehr als rar ist, da sie sich in der Regel nicht bis zu uns hin verirren.

Doch waren dort Störche, meine Mutter schwor darauf. So wurde ich in der Johannisnacht der Störche geboren, jener Tiere, die nach der alten Überbringung das Leben weitergeben.

Ansonsten unterschied es sich vermutlich nicht von den sonstigen Johannisnächten in unserer Gemeinde, welche traditionell einen Höhepunkt des Jahres darstellte. Junge Paare umtanzten es, so wie es Brauch war, während ich eben in dieser so besonderen Nacht, die Welt erblickte. Seither war stets ein Engel an meiner Seite. Erklären kann ich es nicht, doch er war da. Bereits als ich ein Kind war, doch andererseits dürfte das nicht besonders verwunderlich sein. Bei Kindern, so denke ich, sind sie ohnehin ganz oft, die Engel.

Es ist nicht so, dass das Johannisfeuer mich ganz vor den Dämonen hatte bewahren können, doch, auch wenn es vielleicht merkwürdig klingen mag: Ein Funken dieses Johannisfeuers war seither in mir. Dämonen, die sich bekanntlicherweise ja auch des Feuers bedienen, das ist zumindest meine Theorie, können einen Menschen, der auch nur einen Funken des Johannnisfeuers in sich trägt, niemals vollständig zugrunde richten.

Auch nicht dann, wenn sie alles, aber auch alles daran setzen. Als ich also geboren wurde schloss ich, ohne es freilich zu wissen, eine Lücke. Mein Großvater Johann war drei Jahre zuvor, bei Holzfäller- Arbeiten im Wald, von einem Baum erschlagen worden.

Wir haben somit, um seine nicht mehr umkehrbare Abwesenheit mit unserer schieren Anwesenheit ein wenig abzumildern, gemeinsam bei meiner nun etwas verloren wirkenden Großmutter Mathilda mütterlicherseits gewohnt, weil Rosalie, die Mutter meines Vaters, welche mit meinem stattlich gebauten Großvater Karl zusammen einen ausnehmend ansehnlichen Bauernhof betrieb, meinen Vater vor die Tür gesetzt hatte, da meine Mutter Mariah über zu wenig Mitgift verfügte.

Sie warfen ihm sogar das Geschirr hinterher, welches für den Polterabend auf dem Dachboden gewartet hatte.

Rosas christlicher Glaube hörte beim Geld wohl einfach auf und ihr Mann traute sich nicht zu widersprechen. Er ließ dieses Unrecht zu.

Diesem Unrecht schlossen sich fast unweigerlich unzählige weitere an.

Die schlichte, doch nicht zu vernachlässigende Tatsache, dass mein Vater meine Mutter sehr liebte zählte damals nicht viel. So hat mein Vater eben sein Bündel gepackt und ist zu meiner Mutter gezogen.

Bauer zu werden, auf dem Hof meines Groß-vaters Karl, war somit natürlich für alle Zeiten vorbei. Meine Mutter hatte zudem zwei Brüder und eine Schwester, die alle noch zusätzlich mit uns auf dem Anwesen meiner Großmutter wohnten, Namen hatten sie für mich nicht- nur Onkel oder Tante. Sie nahmen es hin als wäre es nichts- dabei sollte man, das weiß ich heute, auf die Namen nie verzichten. Doch damals zählte für mich lediglich die Anzahl der Personen, welche, in meinem Fall stattlich war. Es war also niemals einsam dort. Das war immerhin ein Vorteil.

Meine Eltern waren beide sehr tüchtig, daran erinnere ich mich gut. Es war eine Tugend, die sehr viel zählte, und auch ich zählte etwas.

Damals jedenfalls und einfach nur, weil ich zu dieser Familie gehörte.

Wenn man das Gefühl hat aufzuhören etwas zu zählen, dann kann man sich daran besonders gut erinnern. Aber ich schweife ein wenig ab. Zurück zu meinen Eltern:

Die Mutter arbeitete tagsüber am Band, und mein Vater als Gipser bei einer kleinen Firma. Aber abends haben alle gemeinsam beim Hausbau mitangepackt

Als ich vier Jahre alt war, sind wir dann ins neue Haus eingezogen.

Von außen sah alles ganz wunderbar aus, doch es gab zwei Seiten meiner Wirklichkeit. Zwei Seiten, wie so oft im Leben.

Vater hatte Brieftauben, und ich sollte immer den Taubenschlag putzen.

Geschlagen hat er mich oft, da ich, so vermute ich es zumindest, nicht seinen Erwartungen entsprach. Er warf, als läge das in der Familie, sogar mit der ein oder anderen Tasse nach mir. Einmal war es auch ein Unterteller. Nicht vom Dachboden; vielmehr aus der guten Stube und mit einem feinen, goldenen Rand. Ich musste ihn hernach zusammenfegen und meiner Mutter sagen, dass ich ihn zerbrochen hätte. Daraufhin bekam ich dann noch eine Strafe. Aber niemand hat etwas gesagt, obwohl ich manchmal recht starke Verletzungen davongetragen habe.

Doch zu den Brieftauben war er immer gut. Seither weiß ich nicht so genau was ich von Tauben halten soll.

Es ging im neuen Haus unaufhaltsam bergab - mit meiner Kindheit, mit meinem Leben.

Ich glaube, damals hat das alles angefangen aufzuhören. Ich wünschte mir, ein Vogel zu sein. Jeder Vogel wäre mir Recht gewesen- abgesehen von Tauben, doch das versteht sich von selbst. Allerdings wurde, zu meinem Bedauern, nichts aus meinem Wunsch. Besser wäre es wohl gewesen, wie ich vermute. Man weiß ja nicht, was tatsächlich in so einem Vogel-Leben vor sich geht, und ob man es am Ende nicht positiver sieht als es tatsächlich ist, doch wäre mir diese Ungewissheit lieber gewesen als die Gewissheit meines Unglücks.

Nur die erste Zeit, die ersten Jahre und die ersten Schuljahre waren wirklich schön; ich erlebte meine erste Liebe zu dem Mädchen mit den langen, schwarzen Haaren, so wie Kinder lieben, sehr viel stärker, unmittelbarer und intensiver als es den meisten Erwachsenen oft bewusst ist.

Dann bekam ich strenge Lehrer, die uns Schüler häufig schlugen und beleidigten. und mein erstes Mädchen, in das ich mich verliebt hatte, meine Wunderbarste, Allerbeste, die, von der ich mich verstanden gefühlt hatte, war weggezogen.

Mit ihr alles Schöne, wie es mir damals vorkam. Wie leer war es ohne sie, wie vollkommen ohne Trost. Einer der Lehrer schlug mich oft auf den Kopf. Ich konnte das einfach nicht begreifen. Niemand sagte damals etwas. Bei so etwas sah man einfach weg. Es tat so weh, wohl ebenfalls so, wie es nur einem Kind wehtun konnte – auch innerlich – und lange. Überhaupt begannen in dieser Zeit meine ersten Zweifel. Zweifel, die sich geradezu körperlich in mir ausbreiteten. Zweifel, die aus dem Inneren meines Bauches emporstiegen und im Kopf steckenblieben, sich dort hartnäckig festsetzten, und die sich weigerten mich jemals wieder zu verlassen.

Spannungskopfschmerzen nannten es die Ärzte später. Und weder die Zweifel noch der Kopfschmerz wichen je ganz von mir. Ich glaube, dass ich angeschlagen war, verwundbar, obgleich ich mich dennoch, ohne auch nur darüber nachdenken zu müssen, als einen wirklich starken

24

Menschen empfand. Da gab es einen Sänger, Leonard Cohen, der sagte, dass in allen Dingen ein Riss sei, denn nur so könne das Licht eindringen. Das hat mir immer gut gefallen. Es kam mir tatsächlich auch so vor als könne in ich das Licht eindringen, doch gab es auch noch etwas Anderes das versuchte in mich einzudringen. Viele Jahre später.

Es gab einen Menschen, einen einzigen, dem es gelang Kopfschmerz und Zweifel zu etwas so Mächtigem anwachsen zu lassen, dass es mir die Luft raubte und sogar die Freude am Leben.

Ich nenne ihn *Omnis,* sein wahrer Name jedoch klang anders. Französisch, und, zumindest für mich, schwer auszusprechen. Er war, durch den unglückseligsten Zufall welchen ein Leben ja immer in sich tragen kann, mein damaliger Chef. Omnis war ein Mensch, dem Skrupel fernlagen.

Er war einer von den Menschen, die ohne auch nur mit der Wimper zu zucken *„über Leichen"* gehen, die alle anderen mit Vergnügen opferten um ihre Ziele zu erreichen.

Einmal renommierte er damit, dass er der erste Mann in Deutschland *und* auch in Frankreich gewesen sei, der wegen seelischer Grausamkeit geschieden wurde. Offenbar erfüllte ihn das mit Stolz. Ich arbeitete nicht gern für ihn. Vor allem deshalb nicht, weil es einen Umzug erforderte der mich an das Grenzgebiet hin zu Frankreich brachte. Gleich von Anfang an hatte er zudem eine Ausstrahlung von Unterwelt, ein unheimliches Timbre von absoluter, in sich Undurchsichtigkeit, selbstverständliche Korruption, von tiefer Skrupellosigkeit und Unaufrichtigkeit. Ich neige sonst immer dazu auch im Bösen noch das Gute zu finden, indes war es mir hier nicht möglich. Und Todsünden gibt es mehr als da geschrieben steht.

Manchmal kam es mir so vor als hätte ich es mit dem Leibhaftigen selbst zu tun.

Doch vielleicht kam es mir nur deshalb so vor, weil ich eine solche Form der Boshaftigkeit nicht kannte. Ja, mein Vater und die Lehrer hatten mich oft geschlagen und beleidigt. Dennoch war das mit Omnis noch eine weitere Steigerung, eine mächtige, sprunghafte Steigerung die mir geradezu unwirklich erschien.

Es ist etwas Anderes wenn man über so etwas liest oder eine Kriminalgeschichte im Kino sieht.

26

Aber dieser Mann existierte vor meinen Augen, war real, und gerade das erschien mir wie eine groteske, ungeheure Unwahrscheinlichkeit, eine vollkommene und absurde Unmöglichkeit.

Absurd und surreal, wie ein schlechter, bedrückender, endloser Traum, der einen noch am Tage verfolgt. Begonnen hatte unser erstes Treffen mit etwas, das bei Omnis, so habe ich es später erfahren, an der Tagesordnung ist. Durch die Völlerei. Er lud mich zu einem Gelage ein das seinesgleichen suchte. Später habe ich erfahren, dass dies sein gängiges Vorgehen war. Auch meinem Kollegen aus Frankreich war es so ergangen. Zurecht wohl gilt die Völlerei als eine Todsünde. Sie lähmt Geist und Gewissen.

Das Blut wandert aus dem Kopf und macht das Denken unmöglich. So erging es auch mir nach einem rauschhaften Essen mit Omnis, welches er zur Gelegenheit nahm um mich als Arbeiter bei sich anzuwerben.

Das war zugleich das erste Mal das mir Artaban begegnete.

Ich bemerkte sein aufwändiges Gewand, hielt ihn aber lediglich für einen aus Frankreich kommenden afrikanischen Mann.

Artaban sah mir direkt in die Augen und schüttelte ohne etwas zu sagen den Kopf- so als wollte er mich warnen. Indes hörte ich nicht auf ihn.

Die Völlerei hatte mich im Griff- und mit ihr *Omnis.*

3. Völlerei

Damit sich der Leser ein Bild machen kann und nicht denkt ich würde übertreiben:

Es gab Berge von Lammröllchen an üppigem Bärlauchspeck, hernach heiße Rindfleischbrühe mit Einlage, russische Eier an selbst gemachter Zwiebel-Lauch-Mayionese, glasiertem Krustenschweinebraten an Rucola mit hausgemachter Naturmarksoße an Schmalz und böhmische Kartoffelknödel, ein Blech voller Maronen, reschen Braten vom rotlackierten Spanferkel, hinzu kam eine ganze gebratene Schweinshaxe, verlockend fettglänzend, mit Ornamenten dekorierte Zunge und verzierte Schweinsohren gar gekocht, comme il faut, auf getürmtem Sauerkraut mit Meerrettich.

Es gab Schweinewammerl, Schnitzel vom Kalb, in Butterschmalz wellig gebacken, dazu warmen Ei-Kartoffelsalat an Gewürzkräutern der Saison und belgischen Preiselbeeren. Hernach wurde Tellerfleisch vom deutschen Rind gereicht - gekocht im gewürzten Wurzelsud, Gulaschrecht zart geschmort, in leicht saurer Soße mit Rosmarin und Semmelknödeln und gezuckerten

Brombeeren, dazu zuhauf von einem unvergleichlich zarten Krautsalat und eingelegtes Blaukraut auf Himbeerparfait. Es folgten zwei Stück gebratene grobe und große Wollwürstl mit Leberkäs, Gewürzgurken mit Fleischsalat und Brot, Pastete mit Brezeln, Rindertartar, dazu Bier, Cognac und grauen Burgunder.
Hernach wurde Blauschimmelkäse an Nüssen, Trauben und scharf-süßem Feigensenf gereicht. Anschließend gab es heißen Apfelstrudel, Panna Cotta flambiert mit aufgeschäumter Vanillesoße und Erdbeer-Sahne, Dampfnudeln auf Mohn an italienischem Eis, buttrigen Kaiserschmarrn — karamellisierter natürlich, mit Rum- Rosinen, dazu ein cremiges Mango-Papaya-Mus und zwei Schokoladentörtchen mit Marzipanherzen im Zucker-Sahnebett.

Mürbe durch all das stimmte ich zu bei ihm zu arbeiten. Und noch eh sich mein Körper von diesem Überangebot an Nahrung erholt hatte, bereute ich auch schon in seine Dienste getreten zu sein, Er tat Dinge die ich noch nie zuvor bei einem Menschen aus nächster Perspektive erlebt hatte. Er erschlich sich gezielt das Eigentum

anderer, und wenn er damit einmal nicht durch-
kam, dann zerstörte er es.

Wie sehr ihm das Zerstören lag, wie er es genoss,
das war etwas das mich in ein so ungehemmtes
Entsetzen versetzte wie ich es zuvor von mir
selbst keineswegs gewohnt war.
Es war, um das mit dem Bild des Traumes noch
aus anderer Perspektive zu beschreiben, wie ein
Erwachen aus etwas Gutem heraus, das nun in
etwas Unbegreifliches mündete.
Omnis zerstörte Gebäude durch Brandstiftung,
und Menschen durch Korruption, Lügen, durch
seelische und körperliche Grausamkeit.
Er schreckte noch nicht einmal davor zurück
Menschen gezielt und effektiv außer Gefecht zu
setzen. Zwei Männer waren ständig in seiner
Nähe. Bullige, kräftige Typen, von denen einer
„der Pfleger" genannt wurde. Über ihn gab es
das Gerücht, er sei ehemaliger Psychiatriepfleger,
entlassen nach einer unzulässigen Fixierung eines
Patienten, die länger als 48 Stunden gedauert
habe, und die, aufgrund einer Thrombose im
rechten Bein, den Tod jenes Patienten nach sich
gezogen hatte. Dieser „Pfleger" und der andere,
im Gesicht neben dem rechten Auge vernarbte

Mann, dessen Name niemand kannte, waren so etwas wie Leibwächter, Lakaien, Andrápoda und Handlanger zugleich. Der andere, so lautete das Gerücht, sei ebenfalls Pfleger, jedoch in einem Krankenhaus und, im ganz Gegensatz zum „Pfleger" aus der Psychiatrie sei er noch immer dort beschäftigt. Das bei Omnis musste also ein Nebenerwerb sein, etwas zur Aufbesserung seiner Kasse. Frauen waren auch daran beteiligt – jedoch auf der anderen Seite. Auf der Seite der Ausgebeuteten, wie so häufig.

Omnis zerstörte alles – gerne und leidenschaftlich. Menschen wie Gegenstände.

Nachzuweisen war ihm ohnehin sowieso nichts. Ich begann es lediglich instinktiv zu ahnen, nachdem seine Firma, in der ich angestellt war, erhebliche, wohl durchaus bedrückende und zudem unabwendbare finanzielle Schwierigkeiten bekam, und nur auffällig kurz darauf, selbstverständlich war dies kein Zufall, wie könnte es - das an seine Besitztümer direkt angrenzende Textil-Großversandhaus, in einer von Sternen und Mond zusätzlich erhellten Nacht, knisternd, krachend und lichterloh brannte. Er wurde, was ich nicht verstehen konnte, nie zur Rechenschaft gezogen. Und ich hatte es gesehen, war inmitten des Feuers gestanden, nachdem ich von einem nächtlichen Spaziergang heimgekehrt war.

Wieder war mir Artaban erschienen, zornig loderten seine Augen und diesmal erkannte ich, dass er eine Erscheinung jenseits unserer Zeit war. Doch ehe ich es noch begriffen hatte war er voll des heiligen Zorns mit den so mächtig aufschlagenden Flammen entschwunden.

Und diese Melodie war in jener Nacht ebenfalls zu mir gekommen. Unheilvoll wie das Feuer- und wohl noch schwerer zu bekämpfen. Es wollte nicht aufhören in meinem Kopf, noch die ganze Nacht suchte es mich heim. Wir alle, die bei Omis arbeiteten, wohnten somit in der Nähe unserer Arbeitsstelle. Omnis hatte das so von uns verlangt. Kleine Absteigen, von denen er auch noch die Miete kassierte.

Im Bann des Feuers stand ich also, beißender Rauch in meinen Augen, das ächzende Geräusch der Balken, die sich schließlich mit finalem Wutgeschrei auf die verkohlten Böden warfen, um diese zu zerbrechen. Das gräßliche Gezische und

Getöse, der verschwundene, völlig aufgebrachte Artaban, die Musik in meinem Kopf, kein Raum mehr zum Atmen. Es war schier unerträglich. Das sich ausbreitende Feuer drückte mich weiter und weiter von sich fort, während es die fremd gewordene Umgebung in ein unheimliches, rötlich-violettes und geradezu dämonisches Licht tauchte. Das betont zügige Anrücken der Feuerwehr, all dies menschliche Getöse war nichts vor dieser mächtigen Urgewalt des Feuers, die keinesfalls etwas Anderes mehr duldete als die Vernichtung eines jeden Gegenstandes, einer jeden Mauer und Tür. Große und kleine Fenster barsten, Schutzmänner drängten die trotz der enormen Hitzewelle schaudernden Zuschauer noch weiter zurück als das Feuer allein dies ohnehin bereits getan hatte. Schutzbänder wurden errichtet, hinter denen man sich wohl, aufgrund einer nun hinreichend erscheinenden Distanz zum Feuer, etwas sicher und geschützter fühlen sollte – indes- dieses Feuer, mag man es nachvollziehen können oder nicht, brannte sich in mich hinein. Verkohlte, glimmende, bös´

gewordene und berstende Stücke sprangen direkt in meine Seele hinein und niemals wieder wurde ich das Bild dieses Feuers und diese Musik los. Ein mystisches Ungetüm, so erschien es mir, denn es war gerufen, war freigelassen worden. Mit einem durch normale Umstände ent-standenen Feuer hätte ich anders leben können – doch dieses infernalische Etwas war aus Gier herbeigerufen worden.

Eine der sieben Todsünden. Aus Gier war dieser Brand gelegt, war etwas aus den Angeln gehoben worden. Innendrin hörte ich es, das Lied vom Tod, nicht mit den Ohren freilich – zu laut war alles um mich herum in diesem Augenblick – doch wie eine Warnung, wie eine ständige Warnung die mich seit der Nacht es Brandes nicht mehr zu verlassen gedachte, wurde zu meinem Begleiter. Zu meinem anderen Begleiter sozusagen, denn auch der Engel war bei mir. Ich träumte von ihm, aufgelöst war auch die Zeit. Das Feuer hatte den Faden der Zeit zerstört, und etwas war mit mir geschehen: Etwas, vor dem mein Engel, so glaube ich, mich zu bewahren

35

suchte. Die Musik in meinem Kopf schwoll an, drückte mir von innen an die Schläfen, raubte mir den Atem. Bilder, nicht zuzuordnen drängten sich über jene, welche ich ohnehin sah. Und da er wieder, mein Engel, und verdunkelte sie wieder. Artaban, der vierte Weise, erschien ebenfalls, an der Seite des Engels; nun nicht mehr aufgewühlt, vielmehr überaus sanft und beruhigend. Er deutete ein Lächeln an, wohl um mich zu beruhigen. Er und der Engel suchten mich zu schützen. Diese unheimlichen Bilder! Oft war mir als stelle er sich vor mich und die Dinge, die ich noch nicht sehen sollte.

Zu groß sind sie für den einzelnen Menschen, zu mächtig für den, der — noch nicht emporgetragen — imstande ist das Ganze zu sehen.

Mit dem Engel und Artaban an meiner Seite gelang mir etwas, zu dem nur sehr wenige in der Lage sind.

Es ist eine Fähigkeit, die den Erfahrungen der Logik, nicht nur diesen, grundsätzlich zu widersprechen scheint.

Und doch begann ich durch die Zeit zu sehen — durch sie zu sehen und sie zu durchhören.

Eine Gabe, über die man besser nicht spricht.

Zudem nicht immer eine angenehme.

Zuverlässig kann man sich ohnehin nicht auf sie verlassen. Die Fenster öffnen sich wann sie wollen, und sie geben den Blick auf Dinge frei, für die man nicht unbedingt stark genug ist.

Für viele dieser Dinge würden dem stärksten, dem denkbar stärksten Menschen selbst, dem fleischgewordenen Herkules der Moderne oder dem gottgleichen Helden aus jedweder Sage die Kräfte fehlen um diese zu ertragen. Noch nicht einmal Karl der Große, der Mann von dem ich in musikalischer Untermalung in den Nächten träume, nicht einmal er, der Krieger, könnte dem in ausreichender Form tatsächlich etwas entgegensetzen. Dessen bin ich mir sicher.

Durch die Zeit sehen, sie durchhören zu können- auch das kann einen also elementar schwächen. In aller Regel kann man zunächst nämlich damit rein gar nichts anfangen. Wie ein Fremdkörper erobert einen dieser Blick durch die Zeit den man sich nicht wünschte, ja, von dem man nicht einmal wusste, dass er möglich, dass er auch nur denkbar sei.

Nur ein Gutes hat es: Man weiß die Dinge am Ende, ganz am Ende, anders einzuordnen. Die Musik öffnete die Pforte. Oftmals hat das eine mit dem anderen zu tun. Doch für gewöhnlich messen wir dem keine Bedeutung bei. Ob es ein Fehler ist, kann ich nicht sagen. In jedem Fall ist es weniger anstrengend. Soviel steht fest. Indes- ich hatte keine Wahl. Nichts gab es in mir, das in der Lage gewesen wäre die Musik in meinem Kopf zum Schweigen zu bringen, die Bilder vor meinen Augen erlöschen zu lassen. Selbst wenn ich taub und blind gewesen wäre- und oft genug habe ich mir genau dies gewünscht- so wären doch weder Bilder noch Töne weg gewesen. Sie wollten mir etwas sagen. Sie wollten mir etwas zeigen. Und es war an mir mich dem zu stellen. Vielleicht ja war ich nur dafür auf die Welt geschickt worden. Dieses Mal. Jedes Leben, das hatte ich mir vorgenommen, würde ich leben als sei es mein letztes.

Dieses hier nun war besonders herausfordernd; einte es doch alles in sich. Fast war das, was mir geschah zu viel für nur ein Leben. Wer könnte es mir verübeln, wenn ich dem Druck nicht standhielt? Nicht standgehalten hätte?

Hochmut, Neid, Zorn, Trägheit, Habgier, Völlerei und auch Wollust würde ich begegnen, einigen mehr dazu. Meine Aufgabe in diesem Leben hingegen würde es hierbei wohl sein, einigermaßen unbeschadet und heil daraus hervorzutreten. Deshalb, da war ich mir sicher, hatte ich diese Kräfte. Die Kräfte der Musik, des Ohres, und die Kräfte des Auges. Ohne solche Kräfte ist man bei Gegnern wie Omnis machtlos. Und selbst mir ihnen ist der Ausgang ungewiss. Warum hatte das Schicksal mich gewählt? Glaubte es, ich könnte stark genug für diese Aufgabe sein? Gewiß, einige Stärken habe ich durchaus. Beispielsweise bin ich nicht bestechlich. Doch ob so etwas ausreicht - gegen einen durch nichts zu stoppenden Gegner wie ihn? Ich kann es nicht sagen. Wirklich nicht.

4. Gier

Durch die Zeit hindurch sah ich Omnis. Ich sah die Vorbereitungen, die er getroffen hatte, sah seine Lakaien das Benzin verteilen, sah das Feuer erst züngeln und sich dann aufbäumen, riesig werden. All dies sah ich, nachdem alles bereits vorbei war, das Gebäude eine Ruine. Man sieht es oft bevor es passiert. Doch es ist leider in den wenigsten Fällen zu verhindern. Der Schaden ging in die Hunderttausende. Eine gezielte Brandstiftung konnte durch die Art der Feuerherde einwandfrei nachgewiesen werden. Die Zeitungsberichte und Gutachten verwiesen auf eben jenes, das auch ich gesehen hatte. Ich war nicht dabei gewesen. Auch hatte mich natürlich niemand in diesen Plan eingeweiht. Und dennoch hatte ich rückwärts durch die Zeit gesehen bis ins kleinste Detail. Sogar die Kleidung der Brandstifter hätte ich sehr genau beschreiben können, den dumpfen Ausdruck ihres Gesichts und die Farbe und selbst die Größe der Benzinkanister. Ich habe geschwiegen. Es hätte mich verdächtig gemacht, und ich war

41

klug genug zu wissen, dass man mich, geradezu einem wohl allzu menschlichen Automatismus folgend, für eine psychisch kranke Person gehalten hätte. Solcherlei Dinge behält man also lieber für sich. Ich wusste viel mehr über Omnis und dessen Pläne, als ihm hätte lieb sein dürfen. Mein Kollege Charles ebenfalls, doch kam ich nicht recht an ihn heran. Ich mochte ihn instinktiv, doch traute ich mich nicht mit ihm zu sprechen. Diese Form von Schüchternheit kenne ich bei mir sonst nicht. Vielleicht war es die Unsicherheit, welche sich, allein durch Omnis´ Präsenz auf uns alle gelegt hatte. Möglicherweise wäre es mit Charles´ Hilfe gegangen, doch denke ich, standen wir alle uns zu dieser Zeit ein wenig selbst im Weg. Wie aufgeschreckte Tiere waren wir in mancher Hinsicht nur noch dazu in der Lage zu reagieren. Panisch oft, nicht gut durchdacht. Doch, nochmals:

Wer kann uns das verübeln?

Niemand, denke ich.

Niemand, der weiß wer Omnis war.

Die Brandstiftung war der vorerst letzte Akt in einer länger geplanten Serie gewesen.

Er hatte sich etwa acht Wochen zuvor unter bewusst falschen Versprechungen ein direkt angrenzendes Anwesen erschlichen.

Aus einem zufälligen Gespräch mit dem vorherigen Besitzer, den Omnis um sein Eigentum geprellt hatte, erfuhr ich nur, dass Omnis längst seine Kaufraten nicht mehr zahlte.

Der geprellte, finanziell ruinierte Vorbesitzer und seine Frau mussten sich nun mit Gelegenheitsjobs über Wasser halten, obgleich ihnen seitens Omnis für ihr großes Anwesen zuhauf Geld zugestanden hätte. Ich sah erneut durch die Zeit, und ich sah diese beiden Menschen verelenden und vor ihrer Zeit alt und krank werden. Zurück in die Zeit zu blicken ist schon schlimm genug. Doch vorwärts zu sehen — das kann einen Mann über Gebühr beanspruchen. Noch lange dachte ich an diese Menschen, die man so sehr betrogen hatte. Omnis kümmerte das natürlich nicht. Dann, direkt nach dem Brand des Großversandhauses, meinte Omnis lapidar zu mir und meinem Kollegen: *„Die bauen wieder auf, und dann vergrößern sie.*

Die kaufen uns auf! Was er sagte und wie er es sagte, war ein Geständnis. Wieder erinnere ich mich an Charles, der kurz vor mir das Büro verlassen hatte und an den unfassbaren Ausdruck, der in seinem Gesicht lag. Mit Sicherheit hatte auch er das gehört, was Omnis mir nur kurz darauf offenbart hatte. Ein Geständnis, welches ich nicht benötigte. Wusste ich es doch ohnehin.

Ich sah Omnis nur an. Mein Blick sagte nichts, außer vielleicht: „Ich durchschaue dich, und ich weiß, was du getan hast, was du tust und was du tun wirst!". Wenn man durch die Zeit sehen kann, dann weiß man auch solche Dinge. Ich sprach es nicht aus. Ein Mensch wie Omnis hatte ausreichend Mittel und Wege Menschen, die ihm unbequem wurden, einfach aus dem Weg räumen zu lassen. Er hatte seine Ermöglicher, seine Handlanger, die dafür sorgen konnten, dass die Welt unter einem und über einem geradezu dramatisch zusammenbrach. Meinem liebsten Kollegen sollte es sehr bald so ergehen. Omnis´ Methoden waren sich auf eine unheimliche Art ähnlich, geradezu austauschbar, nur durch leichte *Variationen* voneinander abzugrenzen, so dass sich unser beider Schicksal bald glich, als seien wir durch ein trauriges Band tragisch miteinander verwobene Zwillinge. Zuweilen sahen wir uns an und wussten es, ohne dass wir es uns freilich getrauten auszusprechen.

Ihm und auch mir blühte also etwas durchaus Vergleichbares. Natürlich ist „blühen" nicht das richtige Wort. Omnis brachte gar nichts zum Blühen, nur das Gegenteil vermochte er.

So muss ich mich also korrigieren und vielmehr sagen, dass uns beiden etwas *drohte*, meinem Kollegen und mir. Denn war schon mein Blick offenbar, das wurde deutlich, zuviel gewesen. Diesmal konnte ich nicht durch die Zeit sehen, sonst wäre ich gewarnt gewesen. Ich denke noch immer, dass wir Menschen abgeschirmt werden. Abgeschirmt, so dass wir nicht alles sehen.

War es Artaban oder aber der Engel? Wer von ihnen schirmte mich ab? Waren es am Ende beide? Ja, es wäre zuviel gewesen ohne diesen Schutz. Selbst dann, wenn wir es, wie ich finde, sehen müssten, damit wir uns selbst retten könnten. Doch kennen wir den Plan nicht. Den größeren Plan. Die Schatten ahnen wir zuweil

45

voraus. Nur der, der durch die Zeit sehen kann, wird sich dessen ein klein wenig bewusst.

5. Wolllust

Dies mag, anders kann ich es mir nicht erklären, der Grund dafür sein, warum ich gerade an diesem Abend, in welchem große Gefahr für mich heraufbeschworen wurde, vollkommen ahnungslos war.

Am selben Abend nämlich noch hatte ich einen Autounfall.

Ich wurde in meiner Lieblingsbar von gleich drei fremden Männern ins Visier genommen. Einer der drei allerdings war mir bekannt, es war der „Pfleger". Der „Pfleger" beaufsichtigte auch ein im Grenzeinzugsgebiet Deutschlands gelegenes Bordell, dessen Gewinne Omnis ungeteilt zuflossen. Eine der Damen hatte ein kennengelernt und sehr gemocht. Gerne hätte ich sie freigekauft. Doch war da nichts zu machen. Omnis hatte sie alle — alle - fest im Griff. Niemandem, der ihm Geld brachte würde er die Freiheit schenken, auch mir nicht. Soviel stand nun einmal fest.

Von Orgien dort war die Rede in denen Omnis eine entscheidende Rolle spielte.

Er war geradezu besessen, so als hätte eine schwere Krankheit sich seiner bemächtigt.

47

Und so war es wohl auch. Krankheit klingt entschuldbar, Todsünde nicht. Und nach all dem, was Omnis dort getrieben hat neige ich weitaus mehr dazu ihn einer Todsünde zu bezichtigen.

Der Todsünde einer alles überwuchernden Wolllust. Der „Pfleger" und seine Begleiter, allesamt dumpfe, gewaltbereite Zuhälter ließen sich Bier kommen.

Sie waren auf Streit aus, und ich trank mehr als sonst, um mich ein wenig zu beruhigen.

Zwar war ich der eindeutig Stärkste; dennoch beunruhigten mich diese Männer.

Noch nie zuvor waren sie in dieser Bar gewesen. Zwei gingen einige Zeit vor mir, einer blieb noch da und telefonierte am Münztelefon.

Als ich dann um ein Uhr mich auf den Weg nachhause machte, kam mir ein Mopedfahrer nach einer Kurve entgegen. Artaban, der vierte Weise, erschien für den geringen Bruchteil einer Sekunde wie ein Flaschengeist. Ob ihn der andere Fahrer auch sah? Er machte immerhin kurz vor mir einen Schlenker, aber nicht ganz frontal, so als sei er von Artaban gestört worden.

Immerhin erreichte der Fahrer, dass ich nicht mehr ausweichen konnte, und direkt auf eine Mauer zuhielt. Dabei wurde er schwer verletzt und kam, wie auch ich, mit Sirene und Blaulicht ins Krankenhaus.

Normalerweise hätte es mich erwischen sollen, da bin ich mir sicher.

Doch mein Engel und Artaban wachten wohl über mir. Anders kann ich es mir nicht erklären. Bei mir war nur das Bein verletzt, eine relativ kleine Wunde, wenn man bedenkt, dass dieser Unfall mein Leben hätte beenden sollen.

Ich bin mir heute noch sicher, dass es einer der Männer aus der Bar war, und auch, dass Omnis ihn auf mich angesetzt hatte. Ich bekam Anrufe, und man riet mir der Polizei gegenüber zu schweigen, da man mir sonst das *Lied vom Tod* spielen würde – und zwar endgültig.

Gegenüber dem Krankenhaus gab es ein Café, in das ich mich, sobald ich wieder laufen konnte, setzte. Auch hier fühlte ich mich von den Männern, die mir bereits vor dem Unfall in der Bar aufgefallen waren, beobachtet. In der Öffentlichkeit fühlte ich mich aber dennoch sicher, vor allem aber wollte ich mich nicht vertreiben lassen.

Ich saß also mit einem französischen Gebäck am Tisch und trank Kaffee.

Es schien mir plötzlich so, als sei Omnis in der Nähe. Sein Herrenparfüm, diese eine so ganz besonders aufdringliche Marke, stand deutlich in der Luft. Ich sah mich nicht nach ihm um, sondern drehte den Kopf demonstrativ für eine Weile in die entgegengesetzte Richtung.

Jemand unterhielt sich; ich konnte nicht sehen wer es war, denn ich blickte krampfhaft zu Seite. Die Tür klappte, und jemand verließ das Café. Wieder reiste ich ein wenig durch die Zeit. So, als sei genau dies hier schon bereits einmal geschehen. Doch ich konnte mir keinen Reim darauf machen.

Es war nämlich so, als wäre es einem anderen Mann passiert vor nicht allzu langer Zeit.

Dann, nach einer Weile, drehte ich mich wieder zu meinem Getränk. Die Luft war rein, ich sah nicht mehr durch die Zeit, sondern war nun vielmehr in meiner eigenen Zeit gefangen. Nur noch der Barkeeper stand allein hinter dem Tresen und sah mich nicht an.

Es war ein ruhiger, verschlossener Typ, nicht gerade emotional.

Ein Gespräch mit ihm zu beginnen würde recht schwer werden.
Ich nahm lieber einen großen Schluck.

Der Kaffee wärmte mich, bitter, stark und nur wenig süß, und ich fühlte eine Erleichterung darüber, dass Omnis nicht da war, dass ich nun allein hier saß. Jemand wie er konnte einem mit seiner Widerwärtigkeit den Appetit auf alles verderben.
Noch dachte ich mir nichts dabei, als das vernichtende Gift, welches Omnis in die Welt gespritzt hatte, meinen Körper erreichte. Dieses Wiedersehen, diese Erinnerung an all das, zu dem er fähig gewesen war, sie lähmte beinahe automatisch meinen Geist und meinen Körper.
Nur tiefe Abscheu und Verachtung konnte ich für ihn empfinden. Ich sah etwas, etwas, das ich nicht einordnen konnte, doch zog es zu schnell an meinem inneren Auge vorbei als dass ich mir hätte Gedanken darüber machen können.
Das Bild und die Bilder änderten sich. Vor meinem inneren Auge verfolgten mich nun

Omnis´ kalter, böser Blick und der für ihn typische, zynische Zug um den Mund. Er war nicht da, nicht mehr.

Doch hätte es mich nicht gewundert, wenn er das nachfolgende Geschehen ganz genau beobachtet hätte.

Voller innerer Genugtuung darüber, dass sein Plan, mich außer Gefecht zu setzen, klappte.

Plötzlich gelähmt zu sein, ohne die Ursache zu kennen, es ist etwas, das man unmöglich erklären kann. In jenem Moment sah ich erneut durch die Zeit. Diesmal sah ich bis in alte, lang vergangene Zeiten. Ich sah Menschen, denen ein Giftbecher gereicht wurde. Das Entsetzen in ihren Augen muss wohl dem Entsetzen, welches ich fühlte ähnlich gewesen sein. Ich sah ihren Tod, doch meinen, glücklicherweise, nicht.

#Zwar war ich gelähmt, doch offenbar hatte Omnis mich nicht in den Tod schicken wollen. Schon aus reinem Sadismus befürwortete er sicherlich einen langsameren Tod für mich.

Das Lied vom Tod. Ja. Ein langes, sich träge dahinziehendes Lied.

Es breitete sich ebenso in mir aus wie diese Lähmung, dieses Versagen meines Körpers, der sich dem Willen nicht mehr beugte. Meinem Willen zumindest nicht.

In einer grausamen und fast triumphierenden Langsamkeit gelangte diese Lähmung nun über meine Füße in meine Beine und breitete sich bis in meine Oberschenkel aus.

Es war mir mit einem Mal unmöglich meine Beine zu bewegen – etwas hatte sie gelähmt, zerbrochen.

Wieder erschien das Bild der schon lange Vergifteten vor mir. Wann mochten sie wohl gestorben sein? Sicherlich vor Hunderten von Jahren. Diesmal hatte ich weit, weit in die Zeit hineingesehen. Vielleicht kann man weitersehen wenn alles andere in einem sich verweigert.

Ich konnte es nicht sagen. Nur, dass etwas leise, oder auch laut, zerbrochen war, gelähmt oder vergiftet. Einen unheimlichen und metallischen Klang hatte ich wahrgenommen, einen harten, chemischen und gänzlich fremden Geschmack auf meiner Zunge, und ich konnte meine Beine nicht mehr bewegen.
Die Bilder der vergifteten Toten verblassten wieder. Eine bisher nie gekannte Angst schoss in mir hoch, und das Adrenalin in meinem Körper bewirkte nun immerhin, dass ich meine Beine nun wieder etwas spürte.

Alles drehte sich vor meinen Augen, ich keuchte um ein wenig Luft zu bekommen. Selbst meine Lungen waren geschwächt. Nah war ich am Tod, ich spürte ihn bereits, und doch wusste ich, dass er mich jetzt noch nicht haben wollte.

Trotz meiner Angst spürte ich immerhin dies. Nicht weit vom Krankenhaus entfernt konnte ich mich wieder dorthin schleppen, dann brach ich zusammen. In meinem Kopf sah ich wieder durch die Zeit.

Heute besonders oft. Ich sah Menschen, die durch Schläge zusammenbrachen. Nur ganz kurze Bilder, jedoch deutlich.

Mein Zusammenbruch war nicht durch Schläge erfolgt.

Nicht im ursprünglichen Sinn des Wortes zumindest, wobei, das muss ich natürlich einräumen, durchaus eine Auslegungssache sein kann.

Ich denke heute, dass kein einziger Zusammenbruch dem anderen gleicht. Wie könnte er auch? Kein Zusammenbruch der Welten und auch kein Zusammenbruch der eigenen Person, des eigenen Selbst; dessen, was vorher noch so selbstverständlich zu sein schien.

Nach meinem Zusammenbruch war absolut nichts mehr selbstverständlich. Alles stand Kopf und nichts ergab mehr Sinn.

Was auch immer meinen Körper vergiftet hatte – es hatte zugleich auch meinen Geist vergiftet, mein Vertrauen in die Welt. Geschwächt vom Brand war es dem Gift wohl leicht geworden sich in mir festzusetzen wie ein großes, drohendes und unabwendbares Unheil. Das, was ich sagte, erschien für die Anderen nun keinen Sinn mehr zu ergeben, für die Ärzte und Schwestern der Unfallstation.

Eine Freundin begleitete mich, da der Arzt mit uns sprechen und verschiedene Tests machen wollte. Irgendetwas war mit mir geschehen, und ich verstand es nicht.

Das Lähmungsgefühl hatte immerhin beinahe vollständig nachgelassen.

Während der Arzt sich noch eingehend mit meiner Freundin unterhielt und über die Tests sprach, die er durchführen wollte, ging ich auf den Gang, um mir die Füße zu vertreten.

Alles war plötzlich in einem Maß unheimlich, wie es mir bis dahin fremd gewesen war.

Die zwei Männer auf dem Gang machten mich nervös. Es waren die Männer, die mich seit dem Unfall verfolgten. Der Pfleger war diesmal nicht dabei, indes die anderen beiden erkannte ich genau. Der mit der Narbe war dort. Doch würde ich alles nur noch viel schlimmer machen, wenn ich das nun hier vor dem Arzt ansprechen würde.

Im Hintergrund telefonierte ein weiterer Arzt.

Es kam mir so vor, als ginge es in dem Gespräch um mich. Ich war mir einmal sogar recht sicher meinen Namen gehört zu haben, daher versuchte ich mich zu konzentrieren. Konnte das möglich sein? Ich hörte nun deutlich wie mein Name erneut fiel.

Die Männer auf dem Gang starrten mich an.

Sie unterhielten sich währenddessen laut über einen alten, amerikanischen Film und nannten den Titel, in dem das „Lied vom Tod" erneut erwähnt wurde.

Einer pfiff die Melodie vor sich hin, ganz klar war sie zu erkennen. Dabei blickte er mir genau ins Gesicht. Etwas Unheimliches als das hätte ich mir niemals vorstellen können. Woher wusste er...? Was war bloß los? Ich verstand das alles nicht.

Man wollte mir Blut abnehmen, um zu klären woher die plötzliche Lähmung kommen mochte. Die beiden Männer umarmten sich schließlich, stöhnten und grunzten dabei heftig und sahen provozierend zu mir herüber. Das alles ergab überhaupt keinen Sinn! Dann, an der Decke der Klinik erschien Artaban, der vierte Weise wie eine plötzlich entstandene Freske. Seine wie gemalt wirkenden dunklen Augen sahen mich eindringlich an, einen Finger hatte er während über seine Lippen gelegt, so als wolle er mich warnen etwas zu sagen. Ich hätte auf Artaban, ich hätte auf den vierten Weisen hören sollen.

Ich machte, aufgebracht durch die grunzenden Männer im Gang, nun doch den Fehler von Omnis zu erzählen. Etwas in mir drängte mich dazu, gerade so als sei dies der einig mögliche Weg das Gift in mir wieder loszuwerden.

Doch schien es mir so, als würde man mich, nachdem ich mich dazu hatte hinreißen lassen, plötzlich nicht mehr ernst nehmen.

Der Arzt legte, wie auf einen strikten Befehl hin, die Spritze zurück. Stattdessen ritzte er nun ganz leicht meine Fingerkuppe an, um dort Blut zu entnehmen. Die Welt war in kürzester Zeit zu einem gänzlich unberechenbaren Ort geworden, zu einem fremden, unheimlichen Land, in dem keine der Regeln galten, die mir zuvor vertraut gewesen waren. Und all das war so überaus schnell, in einer solch atemberaubenden Geschwindigkeit geschehen, war in mein Leben eingebrochen, dass ich unmöglich darauf vorbereitet sein konnte.

Nur eine knappe Stunde später kam ich in die geschlossene Psychiatrie.

Man wird dort einfach abgetrennt, durchtrennt. Es schien mir beinahe so, als habe selbst mein Engel, der doch sonst immer bei mir war, keinen Zutritt zu dieser geschlossenen Abteilung.

Wenn nun einer aufgehört hat der Welt, oder auch nur Teilen der Welt, zu vertrauen, dann — auch das scheint mir sicher zu sein und eine nahezu allgemeingültige Regel — schlägt die Welt zurück. Vermutlich hatte sie zudem den weitaus größeren Vorsprung wenn es darum geht auszuholen. Ihr Faustschlag haut dich um und steht in keinerlei Relation zu deinen anfänglichen Zweifeln, die sich nun ausbreiten und erhärten.

Ausgebreitet und erhärtet jedoch bietet man eine umso größere Angriffsfläche.

Die Welt sieht sich nun direkt dazu aufgefordert dich zu zerbrechen. Und dann beginnt er, der Kampf. Es wird ein Kampf gegen die ungleich stärkere Gegnerin, die ich „*die Welt*" nenne, und die sich zusammensetzt aus den Individuen, die guten und vor allen jenen Individuen, die bösen Willens sind. Bösen Willens oder einfach nur erfüllt vom Willen den zu brechen, der es gewagt hat an den Selbstverständlichkeiten des Alltags zu zweifeln. Selbst wenn der, der das „*gewagt*" hat, dies gar nicht aus freien Stücken tat. Und glauben Sie mir: Derer gibt es viele. Weitaus mehr als man zunächst vielleicht zu glauben geneigt ist. Ich war Omnis zum Opfer gefallen. Omnis, der sich nicht scheute mit unlauteren Methoden zu arbeiten, der tückisch war und boshaft. Doch was zählt ist das Ergebnis: der Zweifel.

Der alles unterhöhlende Zweifel, nach wie vor ist er diesen Menschen, vielen, die dort waren wo auch ich mich jetzt befand, die allergrößte Bedrohung. Der Zweifel, er birgt die Angst in sich, dass doch nicht alles so beruhigend sicher, so vertrauenswürdig, so selbstverständlich oder so leicht ist, wie man es selbst gern hätte. Und dem gilt es, entschlossen und konsequent entgegenzutreten. In einem Kampf. Ich nenne es Kampf, auch wenn es ungewohnt hart klingt.

Ich weiß es, denn ich habe es erlebt. Und ich habe mir angewöhnt die Dinge beim Namen zu nennen, denn mein persönlicher Kampf gegen das „*Lied vom Tod*" begann dramatisch.

Das Lied vom Tod ist für mich seither das Lied von Angst, von Zweifel und von Unsicherheit.

Das Lied, welches das Gefühl begleitet nirgends mehr sicher zu sein und nirgends mehr zuhause. Es begann nun, da sich der Zweifel in mir ausgebreitet hatte, mit dem, was ich in diesem Hospital erlebte.

Völlerei, Gier und Wollust war ich bereits begegnet.

Nun traf ich auf die Todsünde der *Trägheit.* Wie sehr sie imstande ist zu schaden, wird erst dem bewusst, der durch sie Schaden erleidet.

61

6. Trägheit

Ein Anruf wurde mir gestattet. Leider hatte ich keine Verbindung zu engagierten Anwälten.

So wählte ich die Nummer eines beliebigen Anwaltes aus den Gelben Seiten. Er setzte sich nicht für mich ein. *„Wenn sie hier sind"*, so war seine Antwort, *„wird das schon seine Richtigkeit haben!"* Er gab sich keinerlei Mühe. Dann legte er den Hörer auf.

Es gab nichts, was ich dagegen hätte tun können. Mir wurde bewusst, dass ich in eine Art engel- und rechtsfreien Raum geraten war. Ein Anwalt, der mich vertreten und mir eigentlich hätte helfen sollen, ließ gegenüber meinem Bruder verlauten, dass ich froh sein solle, dass ich nicht vor 1945 gelebt hätte.

Sonst, so meinte er trocken, hätte man mich *„den Kamin hochgejagt."*
Dieser Satz hat mich nie wieder losgelassen.
Verbrannt hätte man mich. Einfach verbrannt.
„Den Kamin hochgejagt."
Und wie lapidar er darüber sprach, über mein Leben, über Leben generell, gerade so, als sei ihm alles zuviel. Als sei er zu bequem, zu träge um sich um so einen Fall wie mich zu bemühen. Diese Kälte und Gleichgültigkeit schnürten mir damals wie heute noch den Hals zusammen.

So etwas kann man einfach nicht vergessen. Und vielleicht sollte man das auch nicht.

Soviel zur Würde des Menschen. Der Würde, die man einfach den Kamin hochjagen konnte weil es anderen einfach zu umständlich ist etwas dagegen zu unternehmen. Wie konnte man so etwas überhaupt sagen? Wer gehörte in eine Klinik? Dieser Anwalt oder ich?

Nach dem Anruf, dem ersten, von dem zweiten wusste ich damals noch nichts, war ich so

63

aufgewühlt, dass ich sofort einen Arzt sprechen wollte.

Die Krankenschwester gab mir das falsche Versprechen, der Arzt würde „gleich" kommen. Auch dies diente wohl in erster Linie dazu sie selbst zu entlasten: Trägheit. Das Warten auf ihn zog sich vollkommen unnötig hin, denn es erschien kein Arzt. Das Versprechen war mir aus reiner Bequemlichkeit gemacht worden. Damit man sich nicht weiter mit mir zu befassen hatte. Meine Unruhe wurde nun unerträglich. Mein Geist und mein Körper kämpften gegen sie an.

Doch dann hielt ich es nicht mehr aus und schrie laut nach einem Arzt, trommelte gegen die Tür und schrie weiter. Innerlich rief ich nach meinem Engel, doch äußerlich schrie ich nur, man solle mich, verdammt noch mal, hinauslassen, endlich hinauslassen. Ich weiß nicht mehr wieso es seitens der Psychiatrie und ihrer Mitarbeiter festgelegt wurde, auch hier vermute ich, dass es eine Form der Trägheit war. Es wäre einfach zu viel Arbeit gewesen. Man wählte den einfachsten Weg. Bald kam es noch schlimmer. Man pumpte mich buchstäblich mit Medikamenten voll.

Auch das der einfachste Weg, einer gewissen Faulheit, Trägheit hierbei entgegenkommend. Zwei Wochen lang durfte ich nicht einmal in den Garten.

Die Medikamente waren zunächst hilfreich, weil ich ruhiger wurde.

Zwar war mir klar, dass ich damit kaltgestellt werden sollte, doch half es mir die Gefangenschaft besser zu ertragen. Selbst wenn diese Medikamente meinem Körper Schaden zufügten. Die Trägkeit der Menschen schiebt so etwas beiseite. Hauptsache ist, dass man sich selbst das Leben leichter macht. Ob man einem anderen Menschen gesundheitlich schadet- das kümmert die Trägheit nicht. Und daher ist sie, berechtigterweise, den Todsünden zuzuordnen.

Gefangenschaft, wie ich sie nun erleben musste, ist eine der größten, grausamsten, sadistischsten Foltermethoden, die sich der Mensch jemals ausgedacht hat. Soviel steht für mich fest.

Also schluckte ich, jenes im wahrsten Sinn des Wortes, das für mich in diesem Augenblick geringere Übel. Ich verstand das alles nicht. Auf einmal war nichts mehr wie zuvor. Wie schnell so etwas doch gehen kann.

Mein gesamtes Leben war nun zu einem Film geworden, der ohne mein Zutun abzulaufen schien. Zu etwas, dass da vor mir flimmerte und in das ich nicht mehr eingreifen konnte, zu etwas gänzlich Unheimlichem und Fremdem. Nichts war mehr wie zuvor. Und wurde es auch niemals wieder. Einmal, natürlich wusste ich, dass man so etwas in der Psychiatrie nicht aussprechen durfte, doch war ich vom Oberarzt gefragt worden für wen ich mich hielte. „Karl der Große", hatte ich geantwortet. Lieber wäre ich Artaban gewesen, wenn ich schon die Wahl hatte, doch den kannten die Psychiater am Ende erst gar nicht. Vermerkt war es schnell in meiner Akte, und los wurde ich ihn seither nicht mehr, diesen Karl. Warum ich das mit Karl dem Großen gesagt hatte, wusste ich selbst nicht so recht. Vielleicht weil jeder automatisch davon ausgehet, dass Menschen in Psychiatrien sich für jemand anderen halten. Mit Vorliebe für bereits ver-storbene Personen, wobei die ganz Großen der Geschichte in besonders hohem Maß vertreten sind. Möglicherweise erfüllte ich mit dieser Antwort nur das, was eben von mir erwartet wurde. Geärgert hatte es mich

66

insgeheim aber schon. Nun war es, und es ist so, dass ich durch die Zeit sehen kann. Was soll ich sagen? Nicht nur eine der Schlachten, die von Karl dem Großen und seinen Männern geführt wurden, tauchte in den Nächten vor meinen Augen auf. Vielmehr erschienen es mir geradewohl alle seine Schlachten zu sein- doch sah ich ihn hierbei von außen. Ich sah Karl den Großen kämpfen und siegen, sah in altern und schließlich sterben. Warum ich ihn sah, wusste ich nicht, doch konnte ich eines mit Sicherheit sagen: Ich war es nicht gewesen. Wie hätte ich mich denn selbst von außen sehen sollen? Zugegeben: Vereinzelt ist selbst dieses möglich – aber doch nicht ununterbrochen! Nun stellt wohl ein jeder Mensch über die Dinge, welche ihn bewegen, die ein oder andere Theorie auf.

Meine eigene Theorie, die ich jedoch nach außen bewusst verschwieg, war jene, dass ich ein Freund gewesen sein musste, vielleicht auch ein Diener, gewiss aber doch ein Vertrauter.

Ja, er war mir ein Vertrauter, dieser mächtige Feldherr. Charles, mein lieber Kollege, sah ihm ähnlich, jenem Kämpfer aus meinen Träumen – doch war dieser verwundet auf eine Art, die ich zugleich begriff und nicht begriff. Stark sah er aus, kräftig, eines großen Kämpfers würdig. Doch etwas war ihm geschehen. Etwas, das auch mich unendlich geschwächt hatte. Vor dem gleichen Gegner standen wir und hatten doch, so schien es mir, vor nicht allzu langer Zeit ganz andere, weitaus mächtigere Gegner in die Knie gezwungen.

War unsere Kraft etwa auf den Schlachtfeldern Europas mit uns gestorben?

Freilich, auszusprechen hätte ich das nicht gewagt. Was Anderes hätte es nach sich gezogen als das Anheben meiner täglichen Ration von Medikamenten? Was für eine Verschwendung in vielerlei Sinn! Und so war es natürlich nicht verwunderlich, dass ich über diese Angelegenheit Stillschweigen behielt. Welch blutige, durchaus unerfreuliche Angelegenheit ein Krieg ist, erlebte ich, der ich selbst niemals in diesem, hiesigen Leben einer solchen Situation ausgeliefert war, also Nacht für Nacht – zuweilen auch, wie kleine Fetzen von Erinnerungswölkchen vorwitzig, wie real und dadurch beunruhigend lebendig an mir vorbeischwebend, auch während des Tages.

Die Blutprobe, die man mir am Tag des Zusammenbruchs penibel aus den Fingerkuppen ent-nommen hatte, war mysteriöser Weise spurlos verschwunden. Keine Ahnung, ob ich vergiftet wurde, mit K.O.-Tropfen, so wie das Omnis' Spezialität war, oder aber ob ich eher einen natürlichen, nicht durch chemische Substanzen absichtlich, gezielt herbeigeführten, willentlich induzierten Zusammenbruch erlitten habe.

Mittlerweile denke ich nicht mehr, dass es so wichtig ist. Doch etwas stimmt mich misstrauisch: Man hatte mir damals lediglich das Blut aus den Fingerkuppen entnommen.

Später habe ich von einem Internisten und auch von meinem früheren Kollegen erfahren, dass das nicht annähernd ausreichend wäre, um etwaige Vergiftungen feststellen zu können.

Das ergab für mich einfach keinen Sinn.

Auch diese Sachen verstärken den Zweifel in einem. Ebenso wie die verschwundenen Akten, wie meine verschollenen Unterlagen.

Wenn man mit solchen Gedanken allein ist beginnt sich schnell alles im Kreis zu drehen. Die Gedanken suchen sich ihre eigenen Bahnen, wie ein übermütiger Fluß, dem es im Flussbett zu eintönig wurde. Meine Vergangenheit erschien nun deutlich vor mir. Die Jugend und der Geiz der Menschen, mit denen ich aufgewachsen war. „Ehrgeiz" nennt man manchmal das Bestreben voranzukommen. Ich fand eher, dass man einem anderen Menschen seine „Ehre", seine Würde nicht gönnte. In jenen Momenten wünschte ich mich den gütigen Artaban herbei. Artaban und meinen Engel.

7. Geiz

Einmal, ich war der verhassten Psychiatrie über ein versehentlich nicht geschlossenes Fenster entkommen, lief ich nachts durch unser Dorf, und ich fühlte diese Trauer in mir. Die Trauer darüber wie man mich behandelte, behandelte hatte. An den „Ehrgeiz" dachte ich ebenfalls.

Da schrie ich vor jedem Haus das heraus, was mich belastete. Ich sagte jedem die Meinung, *„die Schand"*, wie man es bei uns zuhause eben so nennt.

An Fastnacht, auch das ist ein Brauch, da wo ich herkomme, sagt man dem anderen einmal im Jahr offen *„die Schand"*, also dass, was einen stört. Doch man versteckt sich dabei hinter eine Maske, einer Schemme, wie man sie hier nennt.

Doch bis Fastnacht konnte ich nicht warten, und ich wollte es auch nicht. Und eine Maske wollte ich erst recht nicht tragen. Ein jeder sollte das von mir zu hören bekommen, zu dem ich offen stand. Unnötig zu erwähnen, dass auch das mich wieder zurück brachte in die Psychiatrie, in die „Klapsmühle", wie es die Leute aus meinem Dorf voller Überheblichkeit nannten.

Denn es gehört sich bei uns nicht – so offen heraus. Grob dürfen immer nur die anderen sein. „Klapsmühle" dürfen sie sagen, denn da passiert ihnen nichts.

Was mich auch ausmacht, ist, dass Dinge mir nahegehen, dass ich nicht abgebrüht bin oder gleichgültig und abgestumpft.

Vor allem aber macht es mich aus, dass ich nicht einfach wegsehen kann, wenn ein Mensch wie Omnis mein Leben kreuzt, und ich mit ansehen muss wie er lügt, wie er betrügt, und wie er niemals zur Rechenschaft gezogen wird.

Was mich noch ausmacht, ist, dass ich mir eben durch diese meine Eigenschaften viel Ärger eingehandelt habe in meinem Leben. Die, die wegschauen und die, die sich ducken, haben es leichter.

Auch die, die mit der Masse schwimmen. So war ich nicht, und so bin ich nicht.

In diesem Land hat es in der Vergangenheit schon mehr als genug Duckmäuser gegeben.

Und da ich keiner von denen war, ist es vielleicht nicht so besonders verwunderlich, dass ich einem Menschen wie Omnis mit meiner Art unangenehm werden musste.

Ich kann sogar nachvollziehen, warum er mich ausschalten wollte.

Doch, und das ist noch wichtiger: Ganz hat er dies nicht geschafft. Etwas in mir war letztlich stärker als er. Eines aber musste ich mich nach jedem Aufenthalt erneut fragen: Ein Leben nach der Klinik.

Gab es das? Was es gab war ein Einbruch bei mir zuhause, nur wenige Tage nach meiner Entlassung.

Omnis Lakaien standen im Raum, die Tür zum Balkon hin war aufgedrückt worden.

Es war bereits ein kalter Abend gewesen, so dass ich ein Feuer entzündet hatte.

Den Laden zum Balkon hatte ich ebenfalls bereits geschlossen, doch musste er von den Männern aufgehebelt worden sein.

Im Nachhinein wunderte es mich, dass ich nichts gehört hatte.

Ich war gerade dabei gewesen mein Leben aufzuschreiben, jedes Detail denn ich wollte vor Gericht ziehen. Hierfür braucht man in diesem Land Details, Uhrzeiten, Beweise. Mittlerweile war es schon ein richtiges dickes Werk. Ich hatte alles notiert an das ich mich erinnern konnte.

In dieser Nacht warfen es Omnis Lakaien ins Feuer, doch es vebrannte nicht. Aus einem mir völlig unklaren Grund verbrannte es einfach nicht. Die Erklärung hierfür bekam ich erst Jahre später durch einen russischen Dichter. *„Aber, Manuskripte brennen doch nicht!"* hatte er sinngemäß in seinem größten Werk erstaunt bemerkt.

Ich habe sie alle gelesen, die großen Russen.

Zum Glück. Denn auf diese Weise war ich zumindest noch ein wenig bei mir selbst.

Nach der Zeit in der Psychiatrischen Klinik in Emmendingen landete ich, kurz nach diesem Einbruch, der mir ein ruhiges Schlafen in meiner Wohnung nicht mehr möglich machte, im Landeskrankenhaus für Psychiatrie.

Anschließend in eine Klinik für Psychosomatik in Bad Dürrheim.

Mein früherer Kollege, Charles, war auch dort, doch ging er mir aus dem Weg. Ich nahm das jedoch nicht persönlich. Vielmehr erschien es mir geradezu vollkommen folgerichtig und verständlich zu sein, da meine Anwesenheit ihn unwillkürlich an Omnis erinnern musste, an Omnis, der auch sein Leben mit allen Mitteln zu zerstören suchte. Zumindest glaubte ich das. Er kam aus einer kleinen Ortschaft, die von meinem eigenen Geburtsort gar nicht weit entfernt war, und er war mir sofort sympathisch gewesen.

Daher respektierte ich seinen sehr deutlichen Wunsch, nicht durch mich an Omnis erinnert zu werden.

Ob er auch freiwillig hier war, so wie ich, konnte ich daher nicht sagen.

Es hatte einen eindeutigen Mordanschlag auf Omnis gegeben. Nur ganz am Rande erfuhr ich davon.

Selbstverständlich war er davongekommen — wie immer. Ich hatte bereits aufgehört mich darüber zu wundern. Ich für meinen Teil habe jedenfalls sofort nach der Einweisung, meine eigene, freiwillige erfolgte Einweisung, bereut.

Die dort verwendeten harten Medikamente schwächten mich noch über Monate hinaus.

Ich war nur eine kurze Zeit in Rottweil gewesen. Doch das, was man mir dort verabreicht hatte, wirkte nach. Ich war so schwach und kraftlos von all den Medikamenten, dass ich mich kaum noch lebendig fühlte.

Es schloss sich Bad Dürrheim an.

Die Klinik dort war Teil eines größeren Klinik-Verbundes, der zahlreiche Kliniken innerhalb des Landes in sich vereinte. Diese eine Klinik nun war in der Kriegszeit ein Auffanglager für Juden gewesen, die man danach in Konzentrationslager gebracht hatte. Das Grauen lag noch immer auf diesem Ort.

Wie eine boshaft schwelende, dunkle Wolke überschattete die Vergangenheit dieses Hauses seine Gegenwart. Wieder waren es Ungewollte, Ausgestoßene der Gesellschaft, die hier nun untergebracht wurden.

Lotte, eine Mitpatientin, die im Alter meiner Mutter war, wurde in dieser Zeit zu meiner Ersatzmutter.

Sie sagte mir, dass ein Engel über mich wachte und auch, dass Omnis eines Tages seine Strafe bekäme. „Es wird ein großes Gericht geben", versicherte sie mir häufig.

Draußen hatte man mich, so kam es mir vor, abgeschrieben, aufgegeben. Als ich von Bad Dürrheim wegkam, mit der Unterbrechung eines ganzen Jahres, in dem ich wieder meiner Arbeit hatte nachgehen können, und in eine andere

Klinik gebracht wurde, fuhr der Fahrer wie ein Verrückter.

Vielleicht war er, genau dieser Fahrer, ein *„Verrücktmacher."* Möglicherweise auch ein *„Ehrgeiziger".* Es gibt sie überall. Auch bei uns im Dorf. Während der Fahrt dachte ich an all das. Ich versuchte meine Gedanken irgendwie zu ordnen und dabei den halsbrecherischen Fahrstil des Fahrers zu ignorieren.

Viele Dinge fielen mir ein, während er über die Dorfstraßen raste. Mit weichen Knien stieg ich nach dieser Wahnsinnsfahrt aus dem Auto und betrat die neue Klinik. Auch die Zeit in dieser Klinik war eine unheimliche. So als hätte sich etwas in meinem Leben geweigert jemals wieder gut zu werden. Erklären jedoch kann ich das nicht.

Das Schlachthaus, in dem die Tiere getötet wurden, die wir dann essen sollten, lag direkt neben der Klinik. Ihr Tod sollte uns dienen.

Das Blut der Tiere floss in die Nordrach. Manchmal hörte man sie auf der Schlachtbank schreien. Auch ihnen gönnte man die Würde nicht. Den Tieren ebenso wenig wie uns, die wir hier leben mussten.

Ich weiß nicht warum, doch kam mir das alles
wie schwarze Magie vor. Ich sagte das auch der
Krankenschwester. Die jedoch konnte damit

erwartungsgemäß nichts anfangen. Man muss es wohl wirklich erlebt haben um das alles zu verstehen. Auch die „ehrgeizige" Herablassung der arrivierten Ärzte, der Pfleger. All jener, die sich für etwas Besseres, etwas grundsätzlich Verschiedenes von uns hielten. Es war einfach so unheimlich, die ganze Umgebung, wie in einem Märchen der Gebrüder Grimm. Wenn man es nicht erlebt hat, dann wird man das wohl schwerlich nachvollziehen können. Doch dann lernte ich meine Meggie kennen, eine Mitpatientin.

Und Meggie stand für das Gegenteil. Sie war gut, sie war liebevoll und hatte ein Faible für Störche.

Für jene Tiere, die das Leben brachten. Für die Tiere, die sich am Tag meiner Geburt in meinem Ort gezeigt hatten. Von weitem, sagte Meggie, ist es schwer zu erkennen, ob da ein Storch fliegt- oder aber ein Engel.

Aufgrund dieser, und ähnlicher Aussagen, war sie in die Klinik gekommen. Traurig für sie, doch für mich war es der Höhepinkt meines Lebens. Es war der Höhepunkt meines Lebens Meggie zu begegnen. Sie war so stark, so klug.

Darüber hinaus war sie überaus schön und dabei einfach die stärkste Gegenkraft, die ich mir vorstellen konnte.

Omnis ganze Boshaftigkeit wurde klein, nichtig, verschwand hinter ihrer Schönheit und Güte.

Als wir in einer der magischsten aller Nächte miteinander schliefen, war das der schönste, der zärtlichste Moment meines Lebens.

So schön war es, dass ich es mit Worten nicht beschreiben kann. Meine Meggie - ich hätte gern den Rest meines Lebens mit ihr verbracht. Ja, ich wollte sie heiraten.

Ich brachte sie, als ich Ausgang hatte, zu meiner Familie, um sie allen vorzustellen.

8. Hochmut

Meiner Mutter gefiel Meggie überhaupt nicht. Sie sagte, Meggie sei zwar sehr schön, dabei aber auch überaus labil.

Das fand ich nicht.

Doch selbst wenn sie es gewesen wäre, selbst wenn sie eine ausgewiesene Verrückte gewesen wäre - meine tiefen Gefühle für sie hätte das niemals verändern können.

Ich hörte jedoch nicht auf das Geschwätz der sogenannten Normalen, die fieberhaft darauf schauen ihre Vorgärten und ihre Waschbecken, ihre Autos und Bodenvorleger sauber zu halten und dabei vergaßen ihre eigene Menschlichkeit zu pflegen.

Wenn ich jemals damit angefangen hätte mich oder Menschen, die mir wichtig waren, mit derlei Maßstäben zu messen, dann hätte da nichts Gutes bei herauskommen können. Was das betrifft bin ich mir sicher. Keine Tiefe haben solche Menschen. Kein Mitgefühl und keine Klasse. Sie sind beschränkt und in ihrer Gedankenlosigkeit zuweilen sogar gefährlich.

Sie mied ich, wo ich konnte.

Gerade eben diese Menschen, deren Hecken am meisten und akkuratesten gestutzt und deren Einfahrten am gründlichsten gefegt waren — gerade sie lästerten am grausamsten über andere, nahmen sich das Recht heraus über andere zu urteilen oder zu bestimmen wer verrückt war,

83

labil oder wer „*normal*" war. Normal war der, der so war wie sie selbst. Ich persönlich fand das tatsächlich nicht unbedingt erstrebenswert, im Grunde überhaupt nicht. Im Dunkel ihrer eigenen Dummheit dümpelten sie dahin.

Doch brauchte ich ihren Segen nicht, um Meggie zu lieben. Selbst wenn sie komplett den Verstand verloren hätte- ich wäre immer an ihrer Seite geblieben. Niemand hätte ihr auch nur ein Haar krümmen oder schlecht über sie sprechen dürfen. Sie war Meggie, sie war und blieb meine einzige große Liebe. Und ich bekenne mich ganz offen zu meinem Verrücktsein, denn ich war verrückt. Vollkommen verrückt nach Meggie.

Manchmal dachte ich mir auch, dass ich bei Weitem zu heißblütig, zu romantisch, zu heftig und zu leidenschaftlich sei, um tatsächlich aus dem Schwarzwald zu kommen.

Natürlich weiß ich es nicht. Doch es kommt mir so vor, als wäre ich nicht in einer Psychiatrie gelandet, wenn ich Franzose gewesen wäre oder Italiener. Da liegt es vielleicht in der Kultur, das mit der großen Liebe, der Sehnsucht und der Leidenschaft. Jetzt einmal abgesehen von Omnis und seinen Intrigen.

Hier allerdings verschrecke ich die Menschen damit. Was die Liebe angeht, bin ich wohl zu wild für diesen Landstrich. Aber: Vermutlich ist das sogar vererbt. Ähnliches ist mir nämlich bereits von meinem Vater zu Ohren gekommen. Im Zusammenhang mit meiner Mutter, damals, als beide jung, verliebt und gänzlich verrückt aufeinander waren. Bei meinen Eltern schon war es also so gewesen. Mein Vater hatte meine Mutter geheiratet, obwohl er dafür enterbt wurde. Ihre Mitgift war der Familie zu klein, und mein Vater hat sich entscheiden müssen. Er hat sich für die Liebe entschieden und verließ überstürzt, nur mit einem kleinen Kleiderbündel bepackt, das elterliche Haus wie ein Vagabund, um meine Mutter heiraten zu können.

Das Bündel hatte man ihm sogar durch ein kleines Fenster des Hofes, dessen Besitzer er hätte werden sollen, nachgeworfen wie einem Hund. Wenn man nicht mehr ins Muster passt, dann ist man bei denen wohl auch kein richtiger Mensch mehr. Auf das Erbe hat er verzichtet.

Und meine Mutter wusste früh wie es sich in so einem Dorf anfühlt, wenn man nicht „gut genug" ist.

Beispielsweise deshalb, weil die Mitgift nicht groß genug ist. Wie hatte sie das vergessen können? Von ihr hätte ich mir mehr Verständnis für Meggie erwartet und nicht auch so ein Vorurteil. Aber so sind sie halt oft, die Mütter.

Ich weiß einfach nicht was ich erwartet hätte. Doch nicht so etwas wie *„Meggie ist labil".*

Hatte meine Mutter schon vergessen, wie es für sie war ausgegrenzt zu werden? Ausgegrenzt für etwas, für das sie nichts konnte? Ich denke, hier in unserem Land vergessen die Menschen speziell so etwas allzu schnell.

Vielleicht war mir hier alles nur zu kalt.

Ich wollte mit Meggie für immer nach Südfrankreich durchbrennen und dort mit ihr alt werden. Nichts Schöneres konnte ich mir vorstellen, und es gab nichts, was ich für Meggie nicht getan hätte. Einmal lief ich 70 Kilometer durch die Nacht, um bei ihr zu sein, weil ich gerade kein Auto hatte. Da mir die Füße durch die Schuhe irgendwann zu schmerzen begannen, lief ich barfuß weiter. Die Polizei griff mich damals auf, und dieses eine Mal, es waren vermutlich wohl auch Romantiker, hatte sie für mich Verständnis.

Wenn man barfuß unterwegs ist gibt es keinen Hochmut mehr.

Sie nahmen mich im Wagen mit und brachten mich zu ihr.

Wenn ich sie in den Armen hielt, dann, so schien es mir, konnte es keinen sichereren Ort geben. Hochmut und alles andere schienen an und abzuprallen. Doch die Rachsucht, jene, die wie Feuer brennt, belehrte uns eines Anderen Es passierte etwas ganz Fürchterliches, etwas, das Meggies Leben bedrohte. Bedrohen trifft es nicht, denn beinahe wäre sie tot gewesen.

Ein Unbekannter hatte versucht sie vor einen, gerade in den Bahnhof einfahrenden, Zug zu stoßen. Meine Meggie!

Ich wusste sofort wessen Handschrift das trug.

Er rief sogar persönlich bei mir zuhause an und aus seinen Worten ließ sich ableiten, dass er genauestens über alle Vorgänge informiert war, und dass er zu handeln gedachte.

Meggie und ich seien auf immer zu trennen, das sei seine Rache an mir.

Ich bete zu meinem Engel und zu Artaban.

Dass Meggie diesen Anschlag überlebt hatte, das konnten nur sie verhindert haben.

Doch wusste ich, auch wenn Gott groß ist und mit ihm seine Engel, mit ihm Artaban, der vierte Weise- in alles würden sie nicht eingreifen können.

Meine Angst um meine geliebte Meggie wuchs mit jedem Tag.

9. Rachsucht

Diese Begegnung, mit der sich der grauenhafte Omnis mit seinem Lied vom Tod gewaltsam in Erinnerung rief und mit der er sich rächte, so schlimm, dass ich nicht einmal heute in der Lage bin darüber zu sprechen, führte mich ein weiteres Mal in die Psychiatrie. In den Tagen nach seinem Anruf konnte ich nicht mehr essen und nicht mehr schlafen. Eine Angst, die ich in dieser Form noch nicht gekannt hatte, drang durch Fester und Türen. Um mein eigenes Leben hätte ich weitaus weniger Angst gehabt als um das von Meggie. Die Musik in meinem Kopf wurde unerträglich. „Artaban und alle Engel Gottes helft mir", rief ich vergeblich in den Nächten. Sie zeigten sich nicht, ich wusste zwar, dass sie mich nicht verlassen hatten, doch fühlte es sich zuweilen dennoch so an. Mein Leben wurde mit dieser steten Angst um Meggies Leben unterbrochen, vom normalen Fluss abgetrennt. Omnis hatte ganze Arbeit geleistet, und er hatte, zunächst zumindest, das letzte Wort behalten. Seine Rache trug Früchte, ich kam nach dem Schock nach Freiburg, erneut in die Psychiatrie, und aus meinem Traum mit Meggie nach Südfrankreich zu fahren ist nichts geworden. Um sie zu schützen, musste ich sie ziehen lassen. Das habe ich mein ganzes Leben lang nicht verkraftet. Ich glaube, dass es für mich besser gewesen wäre hätte ich Meggie irgendwann vergessen können. Doch das war nicht möglich. Meine über alles Geliebte, meine Meggie ging einfach nicht von mir fort, nicht aus meinen Gedanken und nicht aus meinem Leben. Eines Tages rief sie mich aus heiterem Himmel an und verlangte danach mich zu sehen. Sie war mittlerweile verheiratet und ich glaubte nicht, dass ich es unter diesen Umständen verkraften könnte sie zu sehen. Doch dann, nur einige Wochen später, ich hatte gerade Ausgang, fuhr ich, fast wie ferngesteuert, ohne nachzudenken, mit dem Auto los, um Meggie zu besuchen.

Ich konnte einfach nicht anders. Etwas zog mich zu ihr hin. Gegen halb zwei Uhr mittags kam ich dort an. Meggie war immer noch so schön wie früher. Sie zu sehen brachte mich sehr durcheinander, so wie ich es erwartet hatte. Ihre Kinder waren auch da. Ihr ältester Sohn war sieben Jahre alt, der Kleine war drei Jahre alt.

Ein paar zeitlose Stunden sprachen wir über alles Mögliche, dann fuhr ich wieder zurück.

Von ihr wegzufahren brach mir fast das Herz. Ich weiß, der Begriff mag abgenutzt erscheinen, doch anders kann ich es nicht erklären. Ich spürte sie in meinem Herzen, bei jedem Schlag und jedem Atemzug. An manchen Tagen jedoch wurde die Sehnsucht nach Meggie größer als ich selbst. An so einem Tag, etwa ein Jahr nach unserem letzten Treffen, setzte ich mich erneut ins Auto und fuhr einfach zu ihr hin.

Vor der Tür stand ihr Mann. Ich fragte ihn, ob Meggie da sei. Da ging er ins Haus um Meggie zu holen. Er ging sehr langsam, fast schlurfend. Ich sah wieder durch die Zeit und vor meinen Augen geronn sein Bild zu dem Bild eines alten Mannes. Doch sah ich nicht, ob Meggie auch bei ihm war, ebenfalls alt. So sah ich sie nur jung.

Ganz gleich, wie alt sie wohl werden würde- für mich hatte sie immer etwas Junges, etwas, das von Falten und sonstigen äußeren Zeichen ubnabhängig war. Als sie schließlich heraustrat, trug sie auf ihrem Arm ein kleines Mädchen, gerade erst geboren.

Das Kind war noch ganz klein, seine winzigen Fingerchen bewegten sich, streichelten fast ihr Gesicht. Wie gerne hätte ich dies doch getan!

Es war überwältigend Meggie zu sehen, und die Tränen stiegen mir in die Augen.

Wie sollte ich ohne sie leben? Und doch zementierte allein schon das kleine Mädchen diese Unmöglichkeit. Der Schmerz um Meggie war so groß, dass ich manchmal kaum noch atmen konnte. In dieser Zeit stellte man ein Lungenleiden bei mir fest; die Depressionen kamen hinzu.

Ohne Klinik kam ich in dieser Zeit nicht mehr zurecht. Nicht ohne Meggie. Omnis Rache war gewesen mich und Meggie zu trennen – egal wie. Und er hatte offenbar gesiegt.

Das ist einem Außenstehenden sicherlich sehr schwer zu erklären.

Es entzog mir alle noch verbliebene Kraft.

Mittlerweile war ich daher kurz darauf in Ravensburg, und ich kam, da ich mich freiwillig hatte einweisen lassen, auf eine offene Station.

Es gibt so ein altes Sprichwort, welches besagt, dass man sich im Leben mehr als einmal trifft.

Wen ich in Ravensburg traf, das erscheint mir selbst heute noch vollkommen absurd.

10 Hinterlist

Und doch war es so: In Ravensburg kreuzte Omnis meinen Lebensweg erneut und was das Schlimmste war: Ich hatte es bereits lange zuvor vorausgesehen. Ja, viele der Dinge, die man erkennt, wenn man durch die Zeit sehen kann, möchte man wohl lieber nicht gesehen haben. Doch half es nichts.

Das innere Auge lässt sich nun einmal nicht verschließen. Der „Pfleger", auch nach vielen Jahren noch erkannte ich ihn genau, hatte offenbar dort wieder Arbeit gefunden wo man ihn nie wieder hätte zulassen sollen. Einmal beobachtete ich wie er sich Zigaretten drehte und mich dabei im Auge behielt. Er war jedoch nicht auf meiner Station, sondern vielmehr in der geschlossenen Abteilung tätig.

Das war mein Glück. Wäre ich in einer Station mit ihm gewesen, hätte es keinerlei Entrinnen gegeben. Doch so war ich auf der sicheren Seite. Umso alarmierter war ich, als einer der Ärzte mich plötzlich, zusätzlich zu meiner behandelnden Ärztin, sehen wollte. Meine Ärztin hatte mir bereits die üblichen, zu dieser Zeit gängigen Tabletten verschrieben. Von meinen wiederkehrenden Kriegsträumen erzählte ich ihr nichts. Das ging nur Karl den Großen und mich etwas an. Ohnehin wusste ich mittlerweile was man erzählen konnte, und worüber es sich empfahl den Mund zu halten. Geübt war ich nach so vielen Jahren darin, soviel immerhin war gewiss.

Es war mir daher absolut nicht einleuchtend was dieser Arzt nun wollte. Es kam mir so vor, als wollte er mich bewusst außer Gefecht setzen mit diesem Zeug, so dass ich im Endeffekt doch noch auf die geschlossene Abteilung geschickt würde. Dort hatte der „Pfleger" das Sagen. Doch ich sprach nicht darüber. Niemand hier kannte das, was mich mit Omnis verband. Niemand würde mir glauben, dass Omnis es schon immer ver-standen hatte Menschen für sich zu nutzen. Nichts hätte Omnis jemals stärker in seinem Machthunger befriedigt, als wenn ich tatsächlich in der geschlossenen Station gelandet wäre; dort, wo sein Lakai die Fäden in der Hand hielt. Soweit durfte ich es keinesfalls kommen lassen. Aus diesen Fängen wäre ich nie wieder ent-kommen. Soviel stand fest.

Nach außen hin tat ich daher so, als leistete ich den Anordnungen des Arztes Folge. Widerstand hätte nur schlimmere Folgen nach sich gezogen. Wer seine Tabletten nicht nahm, der bekam Spritzen. Gegen diese konnte man dann rein gar nichts mehr unternehmen. Sie benebelten den Geist und den Verstand und machten einen gänzlich unfähig, für sich selbst zu sorgen. Ich gab also vor diese zusätzlichen Tabletten einzunehmen.

In Wahrheit behielt ich sie so lange im Mund bis niemand mehr hinsah, dann spuckte ich sie wieder aus und warf sie weg.

Niemand konnte mir etwas nachweisen, und so schaffte ich es in dieser Ravensburg-Zeit meine Sinne beisammen zu halten. Das war auch nötig, denn zu nahe war ich dran an der Gefahr hinter den undurchlässigen Mauern der Geschlossenen und bei Omnis zu landen. Etwas, das es unter allen Umständen zu vermeiden galt.

Ein anderer Pfleger auf meiner Station wollte mich zudem ständig provozieren. Wäre ich darauf jemals eingegangen, dann wäre es das auch gewesen. Doch ich ignorierte ihn ganz konsequent und ging ihm aus dem Weg.

Das war die richtige Vorgehensweise.

Einmal kam Meggie, um mich zu besuchen. Sie sah mich an.

Ihr Blick war so intensiv und so schön, dass er mich schmerzte. Auch sie liebte mich. Das war ganz deutlich. Es gab dort einen Patienten namens Rudi.

Rudi wollte Meggies kleine Tochter auf dem Arm halten. Er war ein Langzeitpatient in der Psychiatrie.

Ein Bär von einem Mann und oft sehr unruhig, seit seine Frau gestorben war.

Letztlich war er einer von denen, die schließlich, nach vielen Jahren in der Psychiatrie, auch dort verstorben waren. Nicht lang nach Meggies Besuch.

An dem Tag mit Meggie stand er vor mir. Ihr Kind war so klein.

Sie sah aus wie ein wundervoller kleiner Engel, mit rosigen, dicken kleinen Backen.

Aus einem Instinkt heraus gab Meggie sie Rudi auf den Arm.

Er sah nun aus wie King Kong, als er das kleine Mädchen so voller Glück betrachtete und dann schließlich vor Freude weinte.

Rudi hielt sie ganz unendlich sanft in seinen Armen, er betrachtete sie wie ein unsägliches Wunder, das berührte mich tief. Dieser riesige Körper, der den kleinen Körper so vorsichtig trug. Drei Wochen nach Meggies Besuch konnte ich die Klinik als freier Mann verlassen, und ich war Omnis′ Lakaien durch die Lappen gegangen. Da ich dem Frieden noch immer nicht trauen konnte, flüchtete ich dennoch aus der Klinik. Zwar wurde ich ganz ordentlich und offiziell entlassen, doch parkte ich mein Auto schon einen Tag vorher ein gutes Stück von der Klinik entfernt. Mein Leben würde immer von Omnis bedroht werden. Ich war Mitwisser und aus irgendeinem Grund, mit der Hilfe des Engels, der Engel und mit der Hilfe von Artaban, dem vierten Weisen, der stets im Hintergrund bleibt, war ich ihm bisher immer entwischt.

Mein Engel war wohl wieder bei mir gewesen. Ab und an spürte ich seine Präsenz noch. Doch schien es mir, als würde er schwächer und Omnis stärker. Würde mich mein Engel, würde Artaban mich tatsächlich noch beschützen können? Hier, wo Omnis mir nach dem Leben trachtete?

Er würde nun weitaus stärkere Geschütze auffahren. Das stand für mich fest. Also versteckte ich mein Auto vor ihm und seinen zu allem bereiten Lakaien und schlief die letzte Nacht nicht.

Vielmehr hielt ich Wache. Ab und an wollten mir die Augen zufallen, doch zwang ich mich dazu wach zu bleiben. Es stand einfach zu viel auf dem Spiel. Am nächsten Tag gab mir all das Sicherheit, denn niemand wusste wo ich hinging, niemand wusste wo mein Wagen stand.

Omnis oder seine Leute hatten nun gar keine Möglichkeit mehr auch nur noch den entferntesten Sabotageakt auszuführen.

Doch in der Nacht, ich war vorübergehend gezwungen im Auto zu schlafen, da ich nach der langen Zeit in der Klinik erst wieder nach einer Wohnung suchen musste, bekam ich mit einem Mal ein ungutes Gefühl. Ich fühlte eine unsichtbare Präsenz die mich deutlich warnte.

Leise verließ ich also den Wagen, nahm nur eine Wasserflasche und meinen Schlafsack mit mir und übernachtete in einem Waldstück. Auf dem Boden zu liegen machte mir nichts aus.

Im Gegenteil. Der Geruch des Waldbodens gab mir ein Stück meiner Ruhe zurück. Ich wusste, dass mir etwas passieren sollte, doch würde es der Wald-vielleicht- zu verhindern wissen mit all seinen rätselhaften Schatten, Schlupflöchern und Verstecken.

Am nächsten Morgen war mein Wagen vollkommen ausgebrannt.
Es roch entsetzlich, und alles war verwüstet. Geschmolzenes Plastik und Asche.

Ich musste an den Satz des Anwalts denken, wonach man mich vor 1945 den Kamin hochgejagt hätte. An das eine, das Lied vom Tod dachte ich selbstverständlich auch. Beinahe war mir so, als hörte ich es, nahe kam es und immer näher. So oft schon hätte sie mich beinahe überwältigt, diese Melodie und alles, wofür sie stand.
Auch jetzt war es sehr knapp für mich gewesen. Knapper als jemals zuvor. Man wollte mich nun endgültig aus dem Weg haben.
Die bisherige Geduld der Mörder war zur Gänze aufgebraucht. Deutlich war diese Sprache. Ich verbrannte mir die Hand sehr heftig, als ich in

das Innere des Wagens fasste. Warum ich das tat, weiß ich nicht. Vermutlich wollte ich den Brief von Meggie retten, der Im Fahrerfenster klemmte. Es brannte nichts mehr, doch etwas Glühendes fraß mir eine große, kreisrunde, nasse Wunde in die Stelle zwischen dem Daumen und dem Handgelenk. Brandstiftung. Was auch sonst. Ich ging dennoch nicht zur Polizei.

Man hatte mir dort ohnehin noch nie geglaubt, und Omnis war noch nie für etwas zur Rechenschaft gezogen worden. Ich musste damit leben: Eine wirkliche Sicherheit werde ich mein Leben lang nicht mehr haben. Das ist lange vorbei. Und nun, da mein schützender Engel so zerbrechlich wird…

Er scheint nach mir zu rufen. Doch vielleicht ist es auch nur die große, weite Einsamkeit des Waldes, die mich das glauben macht. Und doch: Das Sehen habe ich nicht verlernt. Im Gegenteil. Seit ein paar Tagen lebe ich nun im Wald, doch niemals am gleichen Fleck. Langsam wandere ich in Richtung Norden und denke über Vieles nach. Über Artaban, über Karl.

Warum waren sie es, die mich begleitet hatten? Artaban, der Unsichtbare?

Karl, der im Grunde ein gewalttätiger Mann war? Warum ausgerechnet Engel und Vögel, wo man den Menschen, die nicht ganz auf Linie sind ohnehin unterstellt einen „Vogel" zu haben?

Viele Dinge gingen mir durch den Kopf, ungeordnet und böse nagend. Mit was hatte man mich beschimpft und verunglimpft? Deutlich hörte ich es jetzt, inmitten der Stille des Waldes:

103

Einen Vogel haben, oder nicht mehr alle Tassen im Schrank. Ich denke an das zerschlagene Geschirr auf dem Kampffeld des Karl. Ich denke an das zerbrochene Geschirr meines Vaters.

Bilder früherer Kämpfe legen sich über diesen jetzigen, diesen neusten aller Kämpfe.

Die Wunde an der Hand hat sich entzündet, doch mag ich keine Ärzte mehr sehen.

Manchmal erscheint es mir, als hätte ich Fieber, doch dann wird es wieder etwas besser. „Verzeih mir Engel", bete ich, „verzeih sie mir, mir meine Zweifel!"

Ein kleiner, kühlender Wind erhebt sich, streichelt sanft mein Gesicht und ich weiß, dass mein Engel, meine Engel mir bereits verziehen haben.

Nur die Schmerzen nehmen von Tag zu Tag zu. Manchmal kühle ich die Hand mit Moos. Es sind Schmerzen, die mir seltsam vertraut erscheinen. So als rührten sie von einem der Kriege her, die mich in den Nächten zu begleiten pflegten. Ja, es war eine Erinnerung, wieder sah ich durch die Zeit, sah mich schwer verwundet vor dem Feind fliehen. Sah mich in die Büsche schlagen, ebenso wie ich es jetzt eben im Begriff war zu tun. Ich suchte meinen Feldherrn, doch drehte sich alles vor meinen Augen, kein Halt fand sich unter meinen Füßen. Da war nur ein Brennen, ein Bohren, ein alles beherrschender Schmerz. Etwas, das mir die Luft nahm, die Fähigkeit meine Augen geöffnet zu halten.

Rot war es mir vor den Augen. Rot und weiß. Nicht schwarz, so wie man es oft hört. Nein, rot und weiß, dann orange, wieder rot und dazu flackernd. Es war ein Feuer. Ein riesenhaftes Feuer. Vielleicht ist es der Schmerz, der mich zu dieser einen Entscheidung treibt. Nichts ist so echt wie der Schmerz, nichts entzieht sich dem Menschen weniger und weist ihn, nein- wirft ihn auf das zurück was zählt. Diese Entscheidung, die sich der Vernunft zu entziehen vermag erstand aus diesem Schmerz

Obgleich das, was ich tue, was ich tun werde, diesmal wohl tatsächlich verrückt ist, muss ich es tun. Ich muss zu Meggie.

Und sei es mit bloßen Füßen. Es ist mir klar, dass ich mir nicht sicher sein kann dort überhaupt noch lebend anzukommen. Und selbst wenn: Meggie war bereits vergeben. Trotzdem. Trotzdem. Ich fühlte, dass ich zu ihr musste.

Wenn es etwas in diesem Leben gab, das ich nochmal sehen wollte, so war es das Gesicht von Meggie. Seither bin ich unterwegs, seither habe ich ein Ziel. Die Schmerzen ziehen sich bereits bis zur Schulter hoch. Es ist ein pochender, lauter Schmerz. Durch ihn bleibe ich wachsam.

Manchmal beobachte ich jetzt Tauben, um mich abzulenken. Sie sind überall, nicht nur in den Städten. Dann frage ich mich, ob mein Leben anders verlaufen wäre, wenn meinem Vater die Tauben nicht lieber gewesen wären als ich. Aber meistens, noch bevor ich auch im Ansatz eine Antwort finden konnte, sehe ich sie schon davonfliegen.

Die Tauben, Artaban und auch die Engel. Und Meggies Störche. Ich sehnte mich nach den Störchen, ich sehnte mich nach Artaban, dem vierten Weisen und vor allem sehnte ich mich nach meinem Engel. Meinen muss ich jetzt loslassen, das spüre ich. Er kann mich nicht mehr halten. Zu schwer bin ich geworden und zu gefährlich mit all dem Feuer in mir und um mich herum. Glühend, schmerzhaft, mit dem alles nach unten ziehenden Sog. Nach unten, in die Tiefe, die Schwere, die Dunkelheit. Vorbei an den Kriegsfeldern des Karl. Zerschmettertes Geschirr, Teller, Gläser und Tassen, gute Stücke mit Goldrähmchen lagen da, zwischen den Toten die schon lange, oh so lange keiner mehr zählen wollte. Wild zerschlagenes Geschirr, zerschmetterte Knochen im Blut und zudem die unerträgliche Melodien in meinem Kopf. Zu schwer ist alles geworden. Zu schwer für meinen Engel.

Zu schwer für Artaban, zu schwer für Tauben, für Störche, zu schwer. Selbst die Musik in meinem Kopf zerplatzte und floss aus mir heraus, verklang auf dem dumpfen Boden, der jedwedes Geräusch zu schlucken imstande war.

Doch gibt es auch im Diesseits etwas durchaus Vergleichbares. Jedenfalls für mich. Schließlich sehe ich in den Himmel, glaube in den Wolken Meggies Körper zu sehen, und wünsche mir einfach zu ihr zu fliegen. Ganz weit weg – zu Meggie. Doch fliegen konnte ich noch nie. Nur laufen, laufen. Das Lied vom Tod ist in meinem Ohr, meinem Geist, doch ist es nur noch eine Erinnerung. Das wahre Lied ist bereits ver-loschen, verklungen, zerbrochen, nun ruhend, wie für immer, auf dem moosigen Erdboden.

Ich werde ihm davonlaufen, fliehen. So wie ich von all dem geflohen bin, das mein Leben bisher bedroht hatte. Auch in dem anderen Leben, jenem, das sich mir in den Nächten so deutlich gezeigt hatte. Jede Bewegung schmerzt nun und jeder Atemzug. Bei Meggie wird es verstummt sein, dieses Lied. Die Erinnerung daran. Die Erinnerung an seine unheimlich, seine furchtbare Melodie. Die Bilder, die mich verfolgen, werden sich aufgelöst haben. Gnade wird mir zuteilwerden, die Todsünden und die, welches sich mit ihnen verbrüdert haben, werden verblassen. Und auch der mich zerreißende, pulsierende, große und rot-glühende Schmerz, der Schmerz, der überall ist, wird dann verschwunden sein. Nur noch sie wird es dort geben. Nur noch sie.

Nach fünf Tagen war mein Körper von der Entzündung angeschwollen und schwer. Er fühlte sich unförmig und heiß an, zugleich wurde ich von Schwindel und heftigen Stichen ins Herz geplagt.

Auch pochten meine Füße so sehr, dass ich die Schuhe auszog. Nun laufe ich barfuß.

So wie damals. Barfuß zu Meggie.

Hinter mir höre ich unvermittelt ein Auto. Es fährt offenbar sehr langsam.

Ich wage mich nicht umzudrehen.

Damals, als ich das erste Mal zu Meggie lief, ebenfalls barfuß, da war es die Polizei.
So wie damals. Ach, ewige Wiederholung!

Es kommt näher. Ich drehe mich nicht um. Diesmal schaffe ich es alleine.

Es geht nicht anders! Diesmal gibt es nur diesen einen Weg. Mein Engel hat mich wieder durch die Zeit sehen lassen.
Es wird keine Rückkehr für mich geben.

109

Überhaupt keine mehr. Diesmal nicht. Und das ist gut. Das ist gut.

Alles tut so weh, so furchtbar weh.

Der Kritiker sagte kurz vor dem Verenden der Musik auf dem Boden etwas Positives.: „Jeder Ton ergibt Sinn."

Ja, vielleicht tut er das nun.

Die Musik in meiner Erinnerung jedoch wird nun leiser immer leiser.

Nur ich kann sie jetzt noch imaginieren- hören kann ich sie nicht mehr.

Mein Ziel - es ist nicht mehr weit, gar nicht mehr weit. Daran glaube ich. Nein, ich weiß es denn ich habe es gesehen.

Und niemand auf dieser Erde hat das Recht mich davon abzubringen, mein Weg zu Meggie, er darf mir nicht verstellt werden. Ich höre nun etwas Anderes

Die Polizei.

Ich muss weiterlaufen.

Sie rufen mir etwas zu. Ich höre es nicht, möchte es nicht hören.

Niemand hat das Recht mich in Gewahrsam, in Obhut zu nehmen. Niemand, außer Meggie.

Epilog - *Sühne*

Es war Meggie, die mir die Geschichte vom Storchenkind erzählt hat. Das ist sie also, die Geschichte vom rätselhaften Storchenkind, für deren Richtigkeit ich mich verbürge, da sie von Meggie stammt.

Meggie wäre gar nicht in der Lage, sich so etwas auszudenken. Nicht weil ihr hierzu die Klugheit fehlte. Sie hielt es nur eben immer mit der Wahrheit. So war das nun einmal bei ihr. Die Geschichte begann mit einer sehr jungen Frau, deren hervorstechendes Merkmal überaus dünne und lange Beine waren. Sie passten im Grunde gar nicht zu einem menschlichen Körper, ganz besonders nicht zu ihrem.

Diese junge, wie aus mehreren Stücken zusammengesetzte Frau also, eine Mutter, die mit einem kleinen Kind im Arm am Rathaus, wo sich das Storchennest befand, gesichtet wurde, ist das Zentrum dieser Erzählung. Tag für Tag schlich sie hastig an dem bei Weitem höchsten Gebäude des kleinen Ortes vorbei. Dies tat sie ohne ein Wort zu sprechen, mit ihrem stets, geradezu verschämt gesenkten Kopf. Eines Tages nun war sie einem der Bewohner aufgefallen, was er dem Beobachter in jener Geschichte, jenem, der sie später weitertrug, zu verstehen gab.

So deutete der aufmerksame Bewohner aus jener Zeit mit der Hand zunächst auf das Storchennest auf dem Dach,

hernach, im Grunde ziemt sich eine solche Geste allerdings nicht, mit dem Finger auf die viel zu langen und dürren Beine der jungen, ansonsten schönen Frau. An dieser Stelle brach Meggies mündliche Erzählung ab und sie zeigte mir alte, handschriftlich gefertigte Aufzeichnungen, die zu entziffern ich schwierig fand. Für Sie, liebe Leser finden sich jene Aufzeichnungen nun abgedruckt. Viel Wasser bewegte die Wassermühle, wie man so sagt. Eine lange Zeit verging bis ich es endlich fertiggestellte.

Es gelang mir, offenbar im Gegensatz zu ihm, indessen nicht einen direkten Zusammenhang zwischen den Störchen und der jungen Frau mit dem Kind herzustellen. In den Jahren zuvor

115

hatten starke Regenfälle und sonstige kleinere und größere Naturereignisse dafür gesorgt, dass die jungen Störche, trotz all der Mühe, die sich sämtliche Einwohner der Stadt redlich gaben, nicht gerettet werden konnten. Dennoch, und das nenne ich persönlich eine unbesiegbare Hoffnung, kehrte eben dieses Storchenpaar in jedem Jahr genau dorthin zurück um ihre Jungen auszubrüten.

Es war aber auch ein besonders ansprechendes, rot geschindeltes Dach, inmitten von niedriger gelegenen Fachwerkhäusern und weitläufigen Weinbergen am Horizont. Dennoch, der Tod der jungen Vögel, und dies über Jahre hatte einen Schatten über die kleine Stadt gebreitet.
Die Störche waren zu jeder Zeit Mittelpunkt und Stolz der Einwohner gewesen. Eine alte Dame, die in unmittelbarer Nähe die Taverne „Zum Andres" betrieb, hatte offenbar ihre gesamten Ersparnisse für allerlei feines Futter ausgegeben, um die Störche durchzubringen. Vergebens.
Nur ihre außergewöhnliche Begabung, die darin bestand hinter ihr Geheimnis zu kommen und zugleich Met zu kochen hatte sie in dieser

Hinsicht ein wenig weitergebracht als ihre Mitbewohner. Sicherlich war dies nicht leicht gewesen, ja, vielleicht hatte es des starken Mets überhaupt erst bedurft um die Grenzen des Vorstellbaren zu sprengen. Indes - es war ihr gelungen. Das grosse Storchennest auf dem Rathausdach verdeckte zuverlässig den Blick auf die junge Frau, welche mit dem Storchenkind, wie es Anschein erweckte, in ganz unmittelbarer Verbindung stand. Sie tauchte nämlich, das wurde täglich offensichtlicher, immer nur dann auf wenn die beiden Störche das Nest verlassen hatten um Futter für die Jungen zu suchen.

Die außergewöhnliche Begabung der Andres-Wirtin, die, wie bereits hier angedeutet, darin bestand, Met nach altem Rezept zu brauen, bewahrte sie zudem vor dem Ruin, so dass sie es in jedem Jahr erneut versuchen konnte die Jungtiere zu füttern. Sie war dazu entschlossen, und sie war dazu fähig, wie in jedem Jahr davor. Doch in diesem Jahr war es anders. Zwar gab es nur einen einzigen kleinen Storch, den man darüber hinaus trotz eines staatlich vereidigten Nestbeobachters, welche eigens von der Stadt angestellt worden war, ab und an nicht mehr sah,

117

was, zugegebenermaßen, nicht nur sehr ungewöhnlich, unwahrscheinlich und darüber hinaus zutiefst rätselhaft war.

Man hatte jedoch beschlossen dies zu ignorieren um nicht mit allen möglichen Überlegungen und Theorien den letzten der verbliebenen Jungstörche beim Aufwachsen zu stören. Auch ich hatte diese Merkwürdigkeit in das Hinterste meines Kopfes und meiner bewussten Wahrnehmung verbannt.

Die junge Frau lief an jedem der Tage, an welchen ich sie sah zur Andres Wirtin, einmal glaubte ich im Vorbeigehen zu sehen, dass der Säugling mit rohem Fleisch gefüttert wurde, was jedoch, rein logisch betrachtet, keinerlei Sinn ergab. Dennoch erschrak auch die junge Frau als meinen Blick bemerkte und presste das Kind beschützend und ein wenig zu hastig an ihre Brust.

Mein Bekannter, der ein Antiquariat sein Eigen nannte, hatte, wohl schon von Berufs wegen eine überbordende Phantasie. In letzter Zeit jedoch kamen Fieberschübe hinzu, einer Krankheit geschuldet, die ihm, davon war nicht nur er überzeugt, über kurz oder lang das Leben kosten würde.

Er tröstete sich mit Met, welches die Andres Wirtin zuzubereiten wusste wie jene andere.

„Das, was wir „normal" nennen…", er lachte nur, vervollständigte den Satz nicht und winkte ab. Nicht nur weil ihm das, was uns letztlich allen bevorstand unmittelbarer war.

Soweit ich mich erinnern kann war er schon immer so gewesen. Auch eine gewisse Penetranz war ihm zuzurechnen, wobei ich mich darüber zu wundern begann, mit welcher Vehemenz er immer wieder auf das Thema mit dem Storch zurückkam. All die Zeiten des aufkommende Desinteresses meinerseits ignorierend, kannte er zu meiner Verwunderung kein Ende in seinen Vermutungen, Andeutungen und Hinweisen. Ja, blieb mir nach einiger Zeit nichts Anderes übrig als das Ganze als eine Art Hinweis zu betrachten Doch was wollte er mir sagen?

Sein Verhalten wurde ein wenig bizarr, mal verschwand er für einige Stunden, dann wieder zeigte er ein unnatürliches Interesse an Fröschen oder auch an Insekten, was, meines Erachtens noch nicht allein auf seine Krankheit zu schieben war.

Ich kann Ihnen, verehrte Leser und Leserinnen, nichts vormachen. Spätestens mein Hinweis auf Frösche und Insekten werden Sie zielsicher ohnehin auf den Umstand gebracht haben, dass es eben mein Bekannter war, der sich von Zeit zu Zeit in den Storch auf dem Rathausdach verwandelte, ebenso wie die Frau mit den dünnen Beinen eben die Störchin war, und das Kind eben jener Storch, den kein vereidigter,

nicht einmal ein staatlich vereidigter Nest-
beobachter der Welt imstande war zu bemerken.

Dass die Andres - Wirtin ihre Hände mit im
Spiel hatte, auch das kann wohl nicht glaubhaft
geleugnet werden. Aus all dem kann ich
persönlich nur den Schluss ziehen, dass es die
Alten und die Weisen sind, die darum wissen,
dass Störche unter den Umständen erhalten
werden müssen, und sei es unter dem Einsatz
von Zauberei oder aber des eigenen Lebens, was
zuweilen auf das Gleiche hinausläuft.

121

Diese Schlussfolgerung mag, in Anbetracht der Vorkommnisse eher nüchtern erscheinen, doch darf ich immerhin verraten, dass es in dem darauffolgenden Jahr, welches mein Bekannter bedauerlicherweise nicht mehr erleben durfte, es wieder Störche gab. Wie er wohl von uns gegangen ist, mein Bekannter, fragte ich mich- Als Mensch oder vielleicht als Storch auf seinem Weg nach Afrika? Als Gast kam ich noch einige Male in die kleine, beschauliche Stadt, direkt an der französischen Grenze gelegen, zurück. Die alte Andres-Wirtin und die Frau mit den dünnen Beinen indes habe ich niemals mehr wiedergesehen. Doch einmal sah ich einen etwa dreizehnjährigen Jungen sich mit auffällig dünnen Beinen am Rathaus vorbeidrücken.

So ist nun auch diese Geschichte an Sie weitergegeben, wobei ich das Gefühl habe, hiermit etwas Wichtiges getan zu haben, etwas ganz und gar außerordentliches, um genau zu sein. Die Storchengeschichte nämlich darf nicht in Vergessenheit geraten. Weder sie, noch Artaban, noch die Engel. Aus diesem Grund, liebe Leser, schreibe ich sie auf, bitte vergessen sie das nicht! Ich schreibe sie für Sie auf. Für Sie alle.

Wie nun aber, von dieser Geschichte Meggies abgesehen, könnte die Sühne der Sünden denn im Einzelnen überhaupt aussehen? Ist sie in der Gestalt des stillen, hilfsbereiten Weisen Artaban bereits zusammengefasst? Es würde mich nicht wundern. Doch wer ist, wer war Artaban?

Ich werde versuchen es Ihnen zu verdeutlichen, wobei ich Sie hierzu auf einen kleinen Umweg werde mitnehmen müssen.

123

Dieser Umweg führt über mich, über meine Person. Beweisen Sie mal der Umwelt, dass Sie im Recht sind, dass die Dinge, von denen sie berichten, sich auch tatsächlich eben so und nicht anders zugetragen haben. Der Gefangene, wie man so sagt, bemerkt seine Gefangenschaft erst, wenn er versucht sich zu bewegen, sich im besten Fall selbst befreien zu wollen wäre eine mögliche Konsequenz, aber, so wie ich den Menschen kennen gelernt habe, keine notwendige. Gehen Sie ruhig einmal davon aus, dass es auch Ihnen so erginge. Was soll man da schon machen?

Jetzt, wo Sie, verehrte Leser, das hier lesen, bin ich nicht mehr unter Ihnen. Doch braucht man nicht am Leben zu sein nur damit jemand über einen schreibt. Ab und zu genügt es auch, dass man einer Person wichtig war. So wichtig war, so dass sie sich hinsetzt um auch nach dem eigenen Ableben etwas darüber zu schreiben wer man wohl war, wie man gegebenenfalls die Welt gesehen haben mag. Sobald einen diese Person dann auch nur ein klein wenig kennt oder kannte, muss es noch nicht einmal besonders spekulativ sein. Es kann der Wahrheit sogar verblüffend nahekommen, gar mit ihr Eins werden. Und wenn es die Person ist, von ser ich glaube, dass sie es ist, die jetzt über mich schreibt, dann bin ich mir sogar sicher, dass sie ihre Sache gut machen wird. Von ihr nämlich war ich immer überzeugt.

Das war ich immer schon, seit unserer ersten Begegnung, und es verging damals kein einziges Zusammentreffen mit ihr an welchem ich diesen besonderen Umstand außer Acht gelassen oder unterschlagen hätte.

Wenn ich bei ihr war, fühlte ich mich leicht und fröhlich. Es fühlte sich so an als sei alles noch möglich, so als hätten sich nicht bereits fast alle Türen vor mir verschlossen. Sie hielt mich ganz offenbar noch nicht einmal für verrückt, wenn ich sie als meinen Engel bezeichnete. Indes war sie, das muss ich ehrlicherweise einräumen, nicht mein einziger Engel. Jede Frau an der mir etwas lag, war für mich ein anderer Engel. Ich gab ihnen jeweils den Namen des Engels mit denen ich sie in Verbindung brachte. Der Engel, der den drei Weisen die frohe Botschaft von der Geburt Jesus Christus verkündete, war sie. Sie ähnelte diesem Engel auf eine Weise die ich

durchaus nicht erklären kann. Wundern Sie sich
bitte nicht.

Ich habe ihn gesehen, diesen Engel. Ich kann
durch die Zeit sehen, so klar als sei ich selbst
dabei gewesen. Die Zeit offenbart mir ihre Bilder
großzügig und präzise.

Man spricht immer von drei Weisen, dich waren es vier. Man mag mir vielleicht nicht glauben, doch habe ich auch ihn gesehen

Dass nämlich, das, was man für meine Krankheit hielt, war schlicht die Fähigkeit, ich hatte dies bereits angedeutet, ohne weiteres durch die Zeit zu sehen. So sah ich Artaban, den vierten Weisen neben vielen anderen. So sah ich Ahab und Ali Baba, Adélaïde du Guesclin und Alamie.

Um Ihnen zu ersparen das komplette Alphabet nach jemandem zu durchforsten den es wirklich gab, begnüge ich mich mit diesen Beispielen, welche ebenfalls in den Namen tatsächlich statt-gefundene Begebenheiten widerspiegeln.

Später dann las ich dir Geschichte vom Vierten Weisen, von dem mir bereits bekannten Artaban, wobei jener, der sie aufgeschrieben hatte keinem Zweifel daran ließ, dass jene Geschichte, diese Begebenheit ihm geschickt wurde, gesendet, und dies nach langer Krankheit. Sie konnte ihm nur geschickt werden, weil sie wahr ist. Das versichere ich Ihnen. Sicherlich gibt es auch Geschichten, die ganz unbedingt auf den Erzähler. Die Erzählerin angewiesen sind, auf den Begnadeten, welcher wiederum die losen

127

Enden mit all dem, was ihm überhaupt zur Verfügung steht, zusammenzubringen. Hier aber wurde ihm die Geschichte im Ganzen geschickt. Ich habe ihn gesehen. Artaban. Seinen Blick werde ich nie vergessen. Durch die Zeit habe ich gesehen und ihn dabei deutlich erkannt, wie ich sie alle am Ende erkannt habe. Meinen eigenen Tod hingehen, am Johannistag des Jahres 2019, wiederum, habe ich nicht gesehen. Arelim oder etwas Gnädiges haben mich davor bewahrt. Vielleicht war es gar Azrael persönlich; So genau darf man das in diesem Stadium nicht nehmen. Geburt und Tod bildeten bei mir einen Kreis, so wie die Zeit selbst ein Kreis ist.

Doch sah ich etwas Anderes. Ich sah die Zeit, welche der meinen unmittelbar folgte. Die Zeit der Masken. Ich sah die Menschen zuhauf blaue Masken tragen, ich sah sogar eine ältere Frau vor der Küste Siziliens mit einer blauen Maske im Meer schwimmen. Ihr kurzes, weißes Haar bildete optisch mit seinen unweigerlich nach innen dunkler werdenden Löckchen ein fast perfektes Schaumkrönchen. Die Masken, welche bei anderen Menschen zumindest die Augen frei ließen, bedeckten bei ihr das ganze Gesicht.

Das helle Blau der Maske bildete keinen großen Unterschied zur Farbe des Meeres und durch das Haar, welches sie so stolz als ein Schaumkrönchen trug, ging sie im Meer auf, wurde zum Meer mit der Krone, der heiligen Corona, die wohl niemandem ins Auge fiel. Eine moderne Seejungfrau, eine gealterte und verängstigte Arielle, wenn Sie so wollen. Mein Engel hielt diese Geschichte damals für eine Metapher.

Wenn sie gewusst hätte! Nun wird sie es wissen. Oder bald erfahren. Nein. Sie wird es wissen.

In ihren Augen las ich es bereits vor geraumer Zeit. Ich habe, wie ich befürchte, zuviel gesehen. Persönlich bezeugte ich, mit welcher Grausamkeit die Menschen Jesus Christus and Kreuz schlugen und wie selbst Artaban, der vierte Weise und ein Heiliger nichts daran ändern konnte. Vermeintliche Hexen und verleumdete Ketzer sah ich brennen und falsche Könige ihre Throne besteigen.

Sterbende blutdampfende Pferde sah ich auf kriegsgeplagten Feldern, einen erbarmungslosen Mantel aus Schnee, der sich kalt über die Toten legte. Ich sah Kinder um ihre Mütter weinen und Mütter um ihre Kinder. Väter sah ich die

Familien verlassen oder suchen. Ein Kreislauf, ein ewiger, in den Jahrtausenden nicht langsamer oder zumindest müder gewordenen Kreislauf. Im deutschen KZ Dachau habe ich einen in großem Schmerz schreienden verwirrten Mann sterben sehen der angab, ein Arzt zu sein und auf seinen Sohn zu warten. Auch ihn sah ich im Moment seines Todes, als er nach der Rückkehr von der Front im eigenen Haus von Dieben erschossen wurde. Ich habe die Menschen gesehen wie sie Masken trugen um ihre Gesichter zu verbergen. Einen bärtigen Mann namens Attila sah ich, der sie dazu aufforderte dies nicht zu tun. Er hatte einen wilden Blick und wurde in die Wüste geschickt, gewissermaßen, während eben jener Anwalt, der die Sache mit mir und dem Kamin aufgebracht hatte, an einer Lungenkrankheit verstarb und sogleich eifrig verbrannt wurde, nachdem man Angst hatte sich mit oder bei ihm anzustecken. Ich sah Richterinnen Unrecht sprechen und Polizisten Straftaten begehen. Ich sah, wie sich alles auf den Kopf stellte, so dass man selbst gar nicht mehr ein noch aus wusste. Was nun ist verrückt? Ich weiß nur zu gut, dass ich aus der offensichtlichen

Verrücktheit der Anderen nicht per se einen Hinweis zur eigenen seelischen Gesundheit ableiten kann, sich, wie immer möchte ich meine Hand sanft auf den Zweifel legen, der unser Sein stets verfeinert- um hierbei zugleich warnend auf die Versuchung der Gewissheit zu verweisen. Wie nur könnte Sühne möglich sein? Auf vielerlei Arten, vermutlich. Für mich aber wird sie immer mit der Existenz von Artaban verknüpft sein. Mit der Existenz von Artaban und mit der Existenz meiner Engel, die im Grunde aber doch nur Frauen sind.

Daran ist nichts Verwerfliches. Im Gegenteil. Gut erinnere ich mich daran wie es dazu kam, dass ich mich dazu entschied mit den Störchen zu reisen. In Ermangelung echter Flügel musste dies auf anderen Wegen geschehen. Eine lange Reise lag vor mir, doch war ich mir sicher, eben jenen Störchen, von denen Meggie immer gesprochen hatte in Afrika einst wieder-zu begegnen. Den Störchen, die Meggie zufolge das Leben brachten, und die bei greller Sonne am Himmel zumindest für Meggie, nicht von einem Engel zu unterscheiden waren. Laut spricht man so etwas nicht aus, wenn man nict wieder in einer

Klinik landen oder verenden möchte. Laut nicht. Das Lied vom Tod, das auch ein Lied vom Leben ist, muss ab und an fast tonlos wiedergegeben werden will man sich nicht verraten. Doch hören kann man es klar und weit. Alles eine Frage der Übung, wenn sie mich fragen. Ebenso wie es eine Frage der Übung ist durch die Zeit zu sehen. Nun beginnt meine Reise, oder, besser gesagt: meine Weiterreise.

Artaban, meinem stillen vierten Weisen, ich hoffe es so sehr, werde ich ebenfalls wieder begegnen.

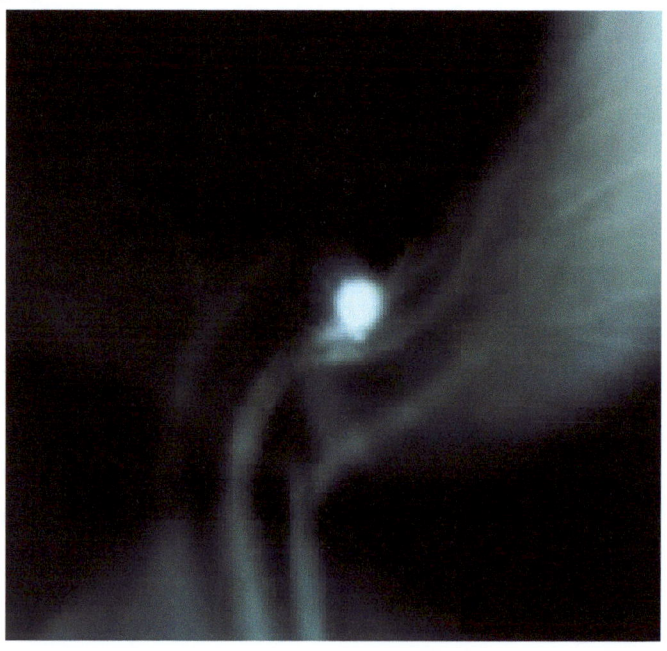